Arena-Taschenbuch
Band 50915

Ebenfalls von der Autorin im Arena Verlag erschienen:

In der Reihe »Wahre Pferdegeschichten«:
Freundschaftsprobe
Verhängnisvoller Verdacht
Kein Abschied für immer
Blindes Vertrauen
Entscheidung fürs Leben
Schwere Zeiten für Julia
Letzte Chance für Jana
Freunde, Tag für Tag

In der Reihe »Pepper und Flo«:
Ein Wunschpferd kommt selten allein
Ferien auf der Sommerweide
Ritt ins Abenteuer
Pepper in Gefahr

Margot Berger
begann ihre Journalistenlaufbahn als Redakteurin bei großen Tageszeitungen und Frauenzeitschriften. Sie arbeitete als selbstständige Journalistin und Buchautorin in Hamburg. Als begeisterte Reiterin schrieb sie auch für Pferdezeitschriften und Jugend-Tiermagazine.

Margot Berger

Auf der Suche nach Calido

Eine wahre Pferdegeschichte

Arena

Erzählt nach einer wahren Geschichte.
Die Namen von Personen und Orten wurden geändert.

FSC
www.fsc.org
MIX
Papier aus verantwortungsvollen Quellen
FSC® C110508

1. Auflage als Sonderausgabe im Arena-Taschenbuch 2016

Covergestaltung: Juliane Hergt unter Verwendung des Originalcovers
von Frauke Schneider unter Verwendung eines Fotos von
Tariq Dajani © gettyimages
Umschlagtypografie: KCS GmbH · Verlagsservice &
Medienproduktion, Stelle/Hamburg
Gesamtherstellung: Westermann Druck Zwickau GmbH
ISSN 0518-4002
ISBN 978-3-401-50915-0

Besuche uns unter:
www.arena-verlag.de
www.twitter.com/arenaverlag
www.facebook.com/arenaverlagfans
www.wahre-Pferdegeschichten.de

HILFE!!!
PFERD VERZWEIFELT GESUCHT
In der Nacht vom 30. auf den 31. Mai wurde mein Friesenwallach Calido von einer Weide im Südwesten Bonns gestohlen! Die Koppel liegt an einem Feldweg Richtung Kottenforst und ist von der Straße aus nicht zu sehen. Calido ist sieben Jahre alt, Stockmaß 1,62 m, barocker Typ mit wallender, nach rechts fallender Mähne. Er ist gekennzeichnet durch einen Microchip, eingesetzt in die linke Halsseite. Über dem rechten Sprunggelenk hat er eine alte, zehn Zentimeter lange, dünne Zickzacknarbe. Calido ist sehr menschenbezogen und lieb.
HOHE BELOHNUNG FÜR DEN FINDER!
BITTE HELFEN SIE MIR!
038/457863
038/457863
038/457863
038/457863
038/457863
038/457863
038/457863
038/457863
038/457863
038/457863
038/457863
038/457863
038/457863
038/457863

1. Kapitel

So eng standen die Pferde selten zusammen. Es musste an der schwülen Hitze liegen, die bereits jetzt, um sieben Uhr morgens, über der abgelegenen Koppel am Hang lastete.
Jedes Mal, wenn Amelie im Vorbeifahren eine Lücke im dichten Holunder erspähte, der die weitläufige Weide umgab, versuchte sie, ihren Friesen Calido auszumachen. Aber auf der grünen Anhöhe sah sie heute nichts als eine Masse Pferdekörper, die sich dunkel unter der Baumgruppe abzeichnete.
Die letzten Meter ließ Amelie ihr Fahrrad auf dem abschüssigen Feldweg ausrollen, es holperte zwischen wuchernden Margeriten und Lupinen durch ausgewaschene Rinnen, die von angeschwemmten Sandstreifen durchzogen waren. Amelie sprang ein Stück vor dem Gattertor ab, wobei sie nur knapp die lehmig gelben Pfützen verfehlte. Gestern hatte ein Unwetter über dem Rheinland gewütet, ganze Sturzbäche waren heruntergekommen, Sturmböen hatten Bäume entwurzelt und Äste abgerissen. Zum Glück war der Spuk schon nach zwei Stunden vorbei gewesen. Vorsichtshalber hatte Amelie nach dem Unwetter auf der Weide nach dem Rechten gesehen, zusammen mit ihrer Freundin Ira, aber als sie angekommen waren, hatten Calido

und seine Weidekollegen schon wieder ruhig und gelassen gegrast.
Amelie lehnte ihr Rad an den Holunder und teilte die Zweige. Auch von hier aus konnte sie Calido nicht in der Gruppe ausmachen und genauso wenig Menno, Iras Friesenwallach. Schulterzuckend ließ Amelie den Blättervorhang wieder zusammenrauschen. Normalerweise überragten die beiden Friesenköpfe alle anderen.
Wahrscheinlich stehen Calido und Menno mitten im Pulk, dachte sie und zupfte an ihrem T-Shirt, das ihr nass auf dem Bauch klebte. Puh, war das drückend. Welche Kraft die Morgensonne Ende Mai schon besaß!
Kein Wunder, dass die Pferde Sonnenschutz unter den Eichen suchten, deren Wipfel als dunkles Halbrund in den Himmel ragten. Vermutlich wedelten sie mit den Schweifen Gewitterfliegen und Mücken fort. Schwüles Wetter wie dieses ging den Pferden auf die Nerven. Zum Glück waren solche Tage die Ausnahme. Mit einer Armbewegung verscheuchte Amelie einen Schwarm tanzender Mücken.
»Weidezeit – Leidezeit«, sagte man im Stall.
Gemeint waren Insekten, die den Pferden zusetzten, aber Amelie bezog den Reim genauso auf sich. Wenn Calido den Sommer über auf der Weide stand, zwanzig Minuten Fahrt vom Stall entfernt, litt Amelie furchtbar. Ihr Friese fehlte ihr an allen Ecken, obwohl sie ihn morgens und abends besuchte. Denn am liebsten hätte Amelie jede freie Minute mit ihrem Pferd verbracht, wenn da nicht die Schule gewesen wäre. Auch jetzt war sie auf dem Weg dorthin.
Calido und sie – das war etwas Einzigartiges. Zwei, die man

nicht trennen konnte. Ihre Herzen schlugen im gleichen Rhythmus. Niemand stand ihr so nah wie Calido und er war ihr vertraut wie ein Zwillingsbruder. Niemals würde ein anderes Pferd seine Stelle einnehmen können. Niemals.
So deutlich würde Amelie ihre geheimsten Gedanken niemandem anvertrauen, nicht einmal Ira, ihrer besten Freundin. Ira war ebenso pferdeverrückt wie sie selbst, aber auf eine andere Art. Immer wieder hielt sie ihr vor, dass man nicht nur an das eigene Pferd, sondern auch an die Vierbeiner denken müsse, denen es schlechter erging. Die keinen Beschützer hatten.
»Diese schrecklichen Tiertransporte – man muss doch etwas dagegen tun, Amelie. Warum machst du nicht endlich mit bei unserer Tierschutz-AG?«
Entsetzlich! Amelie konnte nicht einmal den Gedanken an Pferdequälerei ertragen, dazu war sie zu dünnhäutig. Wenn Ira von misshandelten Pferden sprach, hielt sie sich die Ohren zu. Bloß nicht an so etwas denken! Allein die Vorstellung, Calido passierte so etwas, wenn sie ihn ein paar Stunden nicht betreuen konnte, zerriss ihr fast das Herz.
Amelie zog ein Gummiband aus der Hosentasche und fasste damit ihr blondes Haar am Hinterkopf zusammen, weil ihr feine Schweißperlen im Nacken standen.
Calido *würde* nichts zustoßen. Niemals. Schließlich war sie immer für ihn da, wie ein Schutzengel.

Als Amelie um die Ecke bog, summte sie in Vorfreude auf Calido vor sich hin. Doch mit einem Schlag schlug ihre gute Stimmung in blankes Entsetzen um. Entgeistert starrte Amelie auf den Eingang zur Weide. Ein Zaunpfosten lag lang im Gras, ein anderer steckte krumm und schief in der Erde, dazwischen lagen abgerissene Zaunstangen. Vom Elektrozaun fehlte ebenfalls ein Stück.

Jemand musste die massiven Holzpfähle mit brachialer Gewalt zur Seite gedrückt haben. Nur das Tor war unversehrt. Kein Wunder, sie selbst hatte darauf bestanden, das Gattertor doppelt und dreifach zu sichern, mit schweren Ketten, die kompliziert verschlungen waren, mit Eisenstäben, die tief in den Boden gesenkt wurden, und mit einem teuren Schloss. Die anderen lachten zwar manchmal über ihren Sicherheitsfimmel, wie sie es nannten, aber das war ihr egal. Alles, was zählte, war Calido.

Mechanisch bückte Amelie sich nach drei Zaunstangen und betrachtete die gesplitterten Enden. Bestimmt steckte wieder diese berüchtigte Jugendbande aus Bonn dahinter. Nicht nur ein Mal hatte die wüste Horde Zäune zerstört, bisher allerdings auf Obstplantagen und an Gemüsefeldern. Seit Wochen trafen sich die Jugendlichen abends im Wald am verbotenen Lagerfeuer, gossen sich Mengen von Alkohol hinein und randalierten dann nachts in der Umgebung. An Pferdekoppeln hatten sie sich allerdings noch nie vergriffen.

Wütend pfefferte Amelie eine zerborstene Zaunstange ins Unterholz.

Ob diese Typen überhaupt ahnten, wie gefährlich das Loch im Zaun war? Problemlos hätten alle Pferde von der Weide verschwinden können.

»Wenn ich die erwische«, murmelte Amelie.

Sie fuhr sich mit der Hand übers Gesicht. Es hatte keinen Sinn, sich den Kopf durch Ärger zu vernebeln. Sie musste jetzt prak-

tisch denken. Solange die Pferde auf der Anhöhe ruhig beisammenstanden und nicht zum Gatter hinunterstürmten, sollte sie schleunigst den Zaun flicken.
Amelie schätzte die Lücke auf mindestens fünf Meter. Mit beiden Händen griff sie in den nächstbesten Holunderstrauch und riss Zweige vom Stamm, lange, dicht belaubte Äste voller Saft, die sich sperrten und mit der Rinde an den Stamm klammerten.
Aufgescheuchte Drosseln flogen auf und suchten laut zwitschernd das Weite. Bei jedem Zweig musste Amelie mehrmals nachhelfen. Ihre Handflächen scheuerten auf, die Haut sah feuerrot aus, aber daran durfte sie jetzt nicht denken. Mit den Ästen rannte Amelie zum Loch im Zaun, wobei sie die Pferde ständig im Auge behielt. Mit aller Kraft rammte sie die Stöcke in den nassen Boden. Bald griffen die Zweige kreuz und quer ineinander und bildeten eine grüne Mauer. Zufrieden betrachtete Amelie ihr Werk.
Danach zwängte sie sich an den Holunderzweigen vorbei auf die Weide und ging rasch auf die Pferdegruppe oben auf der Kuppe zu. Die feuchte Erde dampfte.
Wenn Calido auch nur einen Kratzer abbekommen hat, drehe ich durch, dachte sie.
Der letzte Tag im Mai versprach, wunderschön zu werden, sobald die Schwüle sich aufgelöst hatte. Aber Amelie hatte jetzt keinen Sinn dafür.
»Calido«, rief sie und dann seinen Kosenamen: »Calli.«
Träge blinzelnd drehten sich einige Pferde nach ihr um.
Nein, nicht laufen. Amelie zwang sich, langsam zu gehen. Sie durfte die Herde nicht in Panik versetzen. Wer weiß, was die

Pferde heute Nacht erlebt hatten? Amelie schützte ihre Augen mit der Hand gegen die Morgensonne.
Warum stapfte Calido ihr nicht entgegen? Mit hochgerecktem Kopf, wie es seine Art war? Sie liebte es, wenn der Wind seine wallende Mähne hochwehte. Calidos Mähne mochte sie besonders gern, sein glänzendes lackschwarzes Haar, das in üppiger Pracht über den Hals herabfiel.
Angestrengt spähte Amelie gegen das Licht und mit jedem Schritt schnürte sich ihr Magen stärker zusammen. Als sie die Anhöhe erreichte, beschlich Amelie bereits eine böse Vorahnung.
Nie im Leben war das eine Zehnergruppe!
Amelies Blick flog über die Herde. Obwohl die Pferde aus vier verschiedenen Ställen stammten, kannte sie inzwischen alle ziemlich genau.
Vorne standen die beiden braunen Oldenburger, dahinter döste der Trakehnerrappe Seite an Seite mit dem braunen Westfalenwallach, daneben schauten die beiden schwarzen Araber zu ihr herüber, während die zwei Hannoveraner Füchse im Stehen schliefen.
Acht Pferde. Nicht zehn.
Amelies Herz begann zu rasen. Ihr war heiß. Noch heißer als die ganze Zeit zuvor.
Kein Calido. Kein Menno.
Sie taumelte zurück. Die Araber stellten die Ohren auf und schauten aufmerksam zu ihr herüber. Amelies Gedanken überschlugen sich.
Wo steckte Calido? Hektisch sah Amelie sich um. Vielleicht drüben im Unterstand vor dem Zaun? Sicher, er musste im Unter-

stand stehen! Zusammen mit Menno. Andere Möglichkeiten gab es nicht auf der Weide. Er musste dort stehen. Er musste, er musste, er musste.

Nun rannte Amelie doch.

»Calido«, rief sie angstvoll.

Ein paar schwarze Krähen, die in der Sonne an Pferdeäpfeln pickten, hüpften krächzend zur Seite. Nach Atem ringend, erreichte Amelie den hölzernen Unterstand und stürzte ins Innere. Nichts.

»Calido, Calido, Calli.«

Ihre Stimme zitterte. Sie klang fremd und hoch.

Mit klopfendem Herzen horchte Amelie in den Morgen. Doch alles, was sie hörte, war das vielstimmige Gezwitscher in den Bäumen und das Sirren der Stromleitungen in der feuchten Luft.

Sie musste weitersuchen. Zitternd lief sie los, umrundete den Unterstand zweimal, für alle Fälle, stolperte am Zaun entlang den Hang hinunter und auf der anderen Seite hinauf. War die Weide immer schon so groß gewesen? Amelie stieg über die rutschige Böschung, duckte sich unter dem Elektroband hindurch und suchte die Holundersträucher ab. War Calido unter dem Zaun hindurchgekrochen? Sie wusste, dass es Unsinn war. Das schaffte kein Pferd!

Mit heftigen Seitenstichen erreichte Amelie schließlich das Gattertor und presste die Hände in die Seiten. Völlig aufgelöst starrte sie auf den zerstörten Zaun.

Sinnlos, sich länger etwas vorzumachen: Calido war verschwunden. Und Menno auch. Die Friesen waren durch das Loch im Zaun ausgebrochen.

Amelie fühlte, wie der Boden unter ihren Füßen nachzugeben drohte. Sie klammerte sich am Tor fest, griff Halt suchend in die leise klirrenden Sicherungsketten. Klar denken! Sie musste klar denken. Aber es ging einfach nicht. Sie hatte vergessen, dass sie eigentlich in die Schule musste. Nur dumpfes Dröhnen rauschte in Amelies Kopf. Ein einziger Gedanke hämmerte hinter ihren Schläfen:

Wo ist Calido?

Mit steifem Fingern zog sie ihr Handy hervor und gab die Nummer ihrer Freundin Ira ein. Der Wählton holte Amelie aus ihrer Erstarrung. Warum meldete sich niemand? Ungeduldig trat Amelie von einem Bein aufs andere. Spürte Ira nicht, dass es auch um ihr Pferd ging?

Endlich! In ihrer gewohnt lauten Art brüllte Ira ins Telefon.

»Wer zur Hölle mitten in der Nacht hier anruft, hat hoffentlich einen guten Grund! Ich habe nämlich heute frei, bei uns sind mündliche Abiturprüfungen.«

Wie konnte Ira jetzt ans Ausschlafen denken! Tränen liefen Amelie übers Gesicht.

»Ira, Ira«, schluchzte sie. »Jemand hat die Zäune zerstört. Calido und Menno sind ausgebrochen.«

Mit einem Mal schien Ira hellwach.

»Was sagst du? Wo steckst du überhaupt?«

Stockend berichtete Amelie, was passiert war, und als Ira zwanzig Minuten später mit dem Rad den Feldweg herunterbretterte, lief Amelie ihr schon entgegen. Die ganze Zeit hatte sie verzweifelt rechts und links vom Pfad nach den Pferden gesucht. Ohne Erfolg.

Achtlos warf Ira ihr Mountainbike ins Gebüsch und fiel Amelie

um den Hals. Die Mädchen klammerten sich aneinander, als könnten sie durch festes Zusammenhalten alles zum Guten wenden.
»Wir finden sie. Garantiert«, sagte Ira und ihre sonst so feste Stimme klang brüchig. Sie zog ihr Top hoch und wischte sich mit einem Zipfel das verschwitzte Gesicht ab.
»Ich habe Pellets mitgebracht.« Ira hob eine kleine silberne Blechdose aus dem Fahrradkorb und klapperte damit. »Du weißt doch, auf Futter reagieren unsere beiden immer.«
Amelie nickte mit eingeschnürter Kehle. Ira dachte immer an praktische Dinge. Obwohl die Mädchen so unterschiedlich waren – oder gerade deshalb – ergänzten sie sich hervorragend. Während Amelie zart besaitet war und nur Calido im Kopf hatte, war Ira unerschrocken und völlig auf Helfen programmiert – ob es um Tiere ging oder um Menschen. Schon rein äußerlich waren die Mädchen, beide vierzehn Jahre alt, total verschieden. Im Vergleich zu der hoch aufgeschossenen Amelie, die vorsichtig und zurückhaltend agierte, wirkte die grazile Ira wie ein Energiebündel.
»Wo hast du gesucht?«, fragte Ira und zurrte ihr Haarband zurecht, unter dem ihre gelockte schwarze Mähne hervorquoll. Nie konnte sie das Haar bändigen. »Menno, Menno, wo steckst du?«, rief sie schallend.
Hilflos zeigte Amelie das abgesuchte Gebiet an. »Überall zwischen den Gemüsefeldern. Ich dachte, vielleicht stehen Calido und Menno irgendwo im Kohlrabi und schlagen sich den Bauch voll. Aber nichts.«
»Gut, dann nehmen wir jetzt die andere Richtung.«
Im Laufschritt stürmten die Mädchen den aufgeweichten Feld-

weg hinunter und schlugen einen kurzen Pfad ein, der sich versteckt durchs Gebüsch schlängelte und schließlich über ein verzweigtes Feldwegenetz bis zur Bundesstraße führte. Nur Landwirte durften diese Wege benutzen. Gleich hinter dem Buschwerk schlossen sich Gemüsefelder an und einige brachliegende Äcker, die am Horizont von grünen Kuhweiden begrenzt wurden.

Die Mädchen zogen die Hosenbeine hoch, der Gewitterregen hatte riesige trübe Pfützen hinterlassen und abgebrochene Äste versperrten den Weg. Dazu kamen tiefe Reifenspuren, die sich schlammig in den Boden gefressen hatten.

»Waren die Spuren gestern Abend auch schon da?«, fragte Ira und setzte mit einem Sprung über eine Senke mit hellbrauner Brühe. »Da hat sich wohl jemand heftig verfahren.« Amelie nahm die Reifenabdrücke aus dem Augenwinkel wahr, es kam ihr vor, als hätte sie die Spuren gestern Abend an einer anderen Stelle gesehen, aber darauf konnte sie sich im Moment nicht konzentrieren.

Sie hetzten weiter, sprangen über Wasserlachen und abgerissene Zweige. Mitten im Lauf blieb Amelie auf einer kleinen Lichtung plötzlich mit dem rechten Fuß hängen. In letzter Sekunde packte Ira sie am Arm, sonst wäre Amelie lang in den Matsch geschlagen. Ungeduldig bückte sie sich und zerrte eine lehmverschmierte Schlinge vom Stiefel. Gerade wollte Amelie das Hindernis ins Unterholz schleudern, als sie mitten in der Bewegung stockte. Gleich darauf stieß sie einen gellenden Schrei aus.

»Calidos Halfter! Ira, das ist Calidos Halfter!«

Entsetzt hielt Amelie das triefende Fundstück hoch, das einmal blau gewesen war. Mit glänzenden Silberfäden hatte Amelie Calidos Namen auf den Nasenriemen gestickt, obwohl sie Handarbeiten hasste. Abend für Abend hatte sie vor zwei Jahren an dem prachtvollen Stück gearbeitet.

»Wie ein Burgfräulein im Mittelalter, das für seinen Ritter stickt«, hatte ihr großer Bruder Phil gefrotzelt, wenn er Amelie mit Nadel und Faden sah. »Fehlt nur noch ein Turmfenster, an das du dich setzen kannst.«

Was wusste ein Junge schon von Pferdeliebe!

Stich für Stich hatte Amelie sich durch das feste Halftergewebe gearbeitet und bei jedem fertigen Zentimeter hatte ihr Herz höher geschlagen. Jeder Buchstabe schien sie noch intensiver mit Calido zu verbinden und das teure Silbergarn drückte aus, wie wertvoll ihre Freundschaft war. Ein Bund für die Ewigkeit.

Und nun hielt sie hier dieses Halfter in den Händen. Achtlos in den Schmutz getreten.

Bevor Amelie weiter über die Bedeutung dieses Fundes nachsinnen konnte, entdeckte sie etwas, das ihr das Blut in den Adern gefrieren ließ: Pferdeäpfel und tiefe Hufabdrücke im Morast. Das ließ nur einen einzigen Schluss zu – hier waren aufgeregte Pferde hin- und hergetänzelt. Dazu kamen Spuren von Autoreifen. Und da war noch etwas …

Entsetzt schlug Amelie die Hände vors Gesicht und deutete mit dem Kopf auf einen dünnen Abdruck, der eigentlich kaum auffiel – aber von Pferdeleuten sofort erkannt wird. Es war der Abdruck eines kleinen Stützrades, wie es Pferdeanhänger besitzen.

Kreidebleich trat Ira hinter ihre Freundin, stumm, einen Moment lang konnte keine von beiden sprechen. Sprachlos starrten die Mädchen auf die verräterischen Spuren.

»Jemand hat Calido gestohlen«, flüsterte Amelie, als würde der ungeheuerliche Verdacht wahr, sobald sie ihn laut aussprach. Sie drückte das nasse Halfter an sich und sah Ira mit verschleierten Augen an. »Und Menno auch. Die haben unsere Friesen einfach in den Hänger geladen und sind mit ihnen abgehauen.«

Also hatten Pferdediebe den Zaun zerstört? Kein betrunkener Haufen Jugendlicher?

Iras sonst fröhliches Gesicht wirkte auf einmal ganz dünn und angestrengt. Ungläubig umrundete sie die Stelle, wo sich heute Nacht offenbar Ungeheures abgespielt hatte.

»Abdrücke von Schuhen sind auch da«, murmelte Ira und schritt vorgebeugt weiter. Dann stoppte sie auf einmal und winkte Amelie aufgeregt herbei. »Sieh doch! Die Pferde sind den Dieben ausgerissen! Ganz sicher! Die Hufspuren führen aufs Feld.«

Tatsächlich. Durch das lichte Gebüsch sah man einen brachliegenden Acker, auf dessen lehmigem Boden sich zahlreiche Hufabdrücke in der Weite verloren. Sie hatten ihre Form behalten und in den Hufspuren sammelte sich Regenwasser.

»Hinterher«, stieß Amelie hervor. Auf einmal glimmte wieder Hoffnung auf. »Vielleicht konnten unsere Pferde von der Ladeklappe springen und wegrennen. Los, hinterher.«

Mit hängender Zunge liefen sie über den Acker, der schwere Boden klebte an ihren Schuhen. Jeder Schritt kostete Kraft. Schon nach zwanzig oder dreißig Metern sah Amelie, dass es nur eine einzige Hufspur war, der sie folgten. Nur *ein* Pferd war entkommen.

Hoffentlich ist es Calido, dachte sie inbrünstig. Menno soll auch nichts passieren, natürlich nicht, aber hoffentlich ist es Calido. Calido. Calido. Der Name pochte mit ihrem rasenden Puls im Takt.

Mehrmals rutschte Amelie auf dem glitschigen Boden aus, fiel hin, rappelte sich schlammverschmiert wieder auf. Weiter. Egal, wie sie aussah. Was zählte das? Alles, was zählte, war Calido. Nur nicht das Halfter loslassen. Wenn sein Halfter weg ist, finde ich ihn nie mehr, dachte sie. Dummes Zeug, was redete sie sich da ein!

Amelie und Ira rangen nach Luft, als sie das Ende des Feldes erreichten.

In der Ferne standen rotbunte und schwarze Kühe auf der Weide und stierten die Zweibeiner an. Atemlos hielten die Mädchen inne, bevor sie langsam weitersuchten, Amelie rechts, Ira links, aber der Acker ging in feste Grasfläche über, auf der keine eindeutigen Hufeindrücke mehr zu erkennen waren.

»Gutes Zeichen«, sagte Ira und wischte sich die Stirn ab. »Hier wurde das Pferd wohl nicht mehr verfolgt und ist Schritt gegangen. Galoppsprünge von unseren Dicken könnte man garantiert sehen.«

»Aber wohin jetzt?«, fragte Amelie. Ihr Atem flog noch immer. Ira hatte ihr Haarband verloren und die krause Mähne fiel wie ein schwarzer Schleier über ihre Schultern.

»An den Zäunen entlang. Komm«, sagte Ira.

Keuchend liefen die Mädchen an den Weiden entlang. Mit umherirrenden Blicken suchte Amelie den Horizont ab. Die niedrigen Kuhzäune waren keine Hürde für Pferde, selbst ein schwerer Friese setzte leicht über so ein flaches Hindernis hinweg. Für Kühe waren die Zäune hoch genug. Wenn ein Rind ausbrach, übersprang es die Absperrung nicht, sondern kroch darunter hindurch.

Unvermittelt blieb Amelie stehen.

Was war das? Sie hielt Ira am Arm fest. Amelie traute ihren Augen nicht. Die ganze Zeit hatte sie nur in die Ferne gespäht, statt auf die vorderen Weiden zu gucken.

»Ira, da!«

Dicht am Zaun, halb verdeckt durch fressende Kühe, wölbte sich ein schwarzer Pferderücken mit einem üppigen Schweif. Nicht weit entfernt. Aber zu weit, als dass man das Pferd hätte erkennen können, ohne sein Gesicht zu sehen. Zweifellos ein Friese. Aber welcher – Calido oder Menno? Ira folgte Amelies Blick und im nächsten Moment riss sie ihre silberne Futterdose hoch und rappelte mit den Pellets.

Amelie schickte ein Stoßgebet zum Himmel und verkrampfte die Finger ineinander.

Bitte, lass es Calido sein!

Abrupt hob der Friese den Kopf und stieß ein helles Wiehern aus. Eine Begrüßungsfanfare, die beide Mädchen nur zu gut kannten.

Es war nicht Calido. Es war Menno.

2. Kapitel

Teilnahmsvoll schloss Oliver Eggers seine Tochter in die Arme, die ihm schmal und blass vom Weidetor entgegengelaufen war. Amelie brach in Tränen aus, als er sie fest an sich drückte. Fast zwei Stunden wartete sie schon auf die Polizei und auf ihren Vater.

»Warum Calido?«, schluchzte sie und presste ihren Kopf in seine Schultermulde. »Ich verstehe das nicht, Papa. Wieso stehlen sie ausgerechnet mein Pferd? Die Araber auf der Weide sind doch viel wertvoller. Wieso Calido?«

Es tat gut, dass ihr Vater mitfühlend ihr Haar verstrubbelte. Amelie war ihm dankbar, dass er Hals über Kopf seine Tour zu einer Baustelle unterbrochen hatte, die er als Ingenieur besuchen musste, um ihr beizustehen.

Vollkommen verzweifelt hatte sie ihm vorhin eine SMS ins Auto geschickt.

> Hilfe papa hilfe calido ist verschwunden melde dich ganz schnell bin mit ira an der weide.

Zuerst hatte ihr Vater an einen dummen Scherz geglaubt und Amelie gut gelaunt aus dem Wagen angerufen. Jetzt aber, vor dem niedergerissenen Zaun, verging ihm das Lachen.

Sein Wagen parkte in einem Nebenweg. Ira hatte ihn dort abgefangen, damit er keine Spuren verwischte. Nun wartete Ira in der Zufahrt auf die Polizei.

»Verlass dich drauf, wir suchen nach Calido, bis wir ihn gefunden haben«, sagte Amelies Vater und sie wusste, dass sie ihm

voll vertrauen konnte. »Die Abende sind ja so lange hell im Sommer …«
Und während ihr Vater noch weiterredete, sah Amelie sich unvermittelt an einen anderen hellen Sommerabend versetzt. Machtvoll drängte sich dieser Tag vor fünf Jahren in ihre Erinnerung.
Ein schicksalhafter Tag … der 30. Juni. Es war ihr zehnter Geburtstag gewesen, als sie Calido das erste Mal sah. Plötzlich war Amelie in Gedanken wieder klein und feierte ihren großen Ehrentag …
Nur eins hatte sie sich zum Zehnten gewünscht: Reitstunden! Damals brachten alle Gäste Gutscheine mit und legten sie rund um den Geburtstagskuchen – Schulfreundinnen, Großeltern, Patentante Alex. Sogar ihr Bruder Phil, der mit Pferden nichts anfangen konnte.
»Schöner kann ein Geburtstag nicht sein«, strahlte Amelie, doch es kam noch besser.
»Nach dem Abendessen besichtigen wir einen großen Friesenhof«, verkündete Amelies Mutter. Unterwegs rutschte Amelie aufgeregt auf dem Autositz hin und her, gerade als ob sie spürte, dass heute noch etwas ganz Besonderes passieren würde. Und so war es ja auch.
Als sie auf die Anlage zufuhren, durch eine schattige Baumallee, hinter der sich ein halbrunder Hof mit Stallungen und Wohngebäuden öffnete, wäre Amelie vor Vorfreude am liebsten aus dem Autofenster gesprungen. Und dann die Weide – diesen Anblick würde sie nie wieder vergessen. Mehr als dreißig Friesen vergnügten sich im Gras, und obwohl es schon spät war, leuchtete ihr schwarzes Fell im Abendlicht.

»Komm mit, ich zeige dir unsere Herde.«
Herr Rosemann, der Besitzer, nahm Amelie mit auf die Koppel und schlenderte mit ihr über die Weide. Zuerst sahen für sie alle Pferde gleich aus, aber je länger Amelie hinsah, desto mehr Unterschiede bemerkte sie. Jeder einzelne Friese hatte seine Vorzüge: eine besonders lange Lockenmähne oder einen prachtvollen Schopf, seidigen Fesselbehang, lackschwarzes, glänzendes Fell oder auffallend leuchtende Augen.
Und auf einmal passierte etwas Eigenartiges: Von all den Friesen kam einer auf sie zu, ganz gemächlich. Mit erhobenem Kopf verharrte er vor Amelie und musterte sie aus freundlichen braunen Augen. Auch Amelie blieb fasziniert stehen. Und plötzlich sah sie all die anderen Pferde nicht mehr, nur noch den einen, den Zweijährigen mit seiner prachtvollen Mähne, den Wallach, der sie beschnupperte und ihr dann vertrauensvoll den Kopf auf die Schulter legte, als wollte er sagen: *Da bist du ja endlich. Auf dich habe ich gewartet.*
Das war Calido.
Und obwohl Amelie noch so jung war, gab es fortan für sie keinen Zweifel mehr: Calido war das Pferd ihres Lebens.
»Das verliert sich«, sagten die Erwachsenen. »Aus den Augen, aus dem Sinn.«
Aber nicht bei Amelie.
Sie ließ sich nicht beirren. Stur bestand sie darauf, jeden Geldschein, den sie bekam, zu Weihnachten, zum Geburtstag oder für eine gute Zensur, auf die Bank zu tragen. Auf den Umschlag des Sparbuchs schrieb Amelie mit schwarzem Lackstift: »Für Calido«.
Alle paar Wochen überredete sie ihre Eltern zu einem Ausflug

auf den Friesenhof von Herrn Rosemann und jedes Mal erkannte Calido Amelie sofort und trabte prustend auf sie zu. Und dann standen sie nur da, mitten auf der Weide, und hielten stumme Zwiesprache.

Der Friesenhof verkaufte seine Pferde in alle Welt, und nachdem Amelie das erfahren hatte, bibberte sie vor Angst, wann immer sie in die Einfahrt von Rosemanns Hof einbogen.

War er noch da?

Als sie elf wurde, nahm sie sich ein Herz und fragte Herrn Rosemann bei ihrem Geburtstagsbesuch angstvoll: »Kann es sein, dass Calido auch bald verkauft wird?«

Der Friesenbesitzer schüttelte den Kopf. »Ich glaube nicht. Weißt du, er hat einen winzigen Schönheitsfehler.«

Er zeigte auf Calidos rechtes Hinterbein und da sah Amelie zum ersten Mal die kurze Zickzacknarbe über dem Sprunggelenk. »Als Fohlen ist Calido in Stacheldraht geraten, davon ist diese kleine Narbe geblieben. Manche Käufer stört das. Da muss schon jemand kommen, der sich Knall auf Fall in Calido verliebt. So etwas gibt es natürlich.«

Das musste er ihr nicht sagen!

Erst einmal war Amelie erleichtert. Entwarnung! Was für eine wunderbare Narbe, wenn sie Reiter davon abhielt, ihr Calido abspenstig zu machen! Und wenn er tausend Narben hätte, er blieb doch immer ihr Traumpferd.

In den nächsten Monaten und Jahren nahm Amelie gewissenhaft Reitstunden, versenkte sich in Pferdebücher, legte die Prüfungen zum Kleinen und Großen Hufeisen ab, außerdem den Reiterpass fürs Gelände. Irgendwann gaben ihre Eltern es auf, Amelie den Calido-Tick auszureden, und es wurde offen darüber gesprochen, dass sie mit vierzehn Jahren ihren geliebten Friesen bekommen sollte.

Aber dann kam alles anders. Amelie wusste von nichts, aber eines Morgens rief der Besitzer des Friesenhofs Amelies Mutter an. »Ich habe einen Käufer für Calido, der will ihn sofort.« Er druckste herum und sagte: »Ich möchte Sie informieren, weil Ihre Tochter so verliebt in Calido ist. Falls Sie ihn kaufen wollen, stehen Sie natürlich an erster Stelle. Allerdings müssten Sie sich schnell entscheiden. Leider kann ich nicht mehr warten, denn ich lebe ja vom Pferdeverkauf. Bitte verstehen Sie das.«

Ihre Eltern berieten sich hinter Amelies Rücken und sie beschlossen: »Wer so unbeirrt ein Ziel vor Augen hat wie Amelie, muss belohnt werden.« Was auf dem Sparbuch noch fehlte, legten sie dazu, auch die Großeltern und die Patentante gaben Geld.

An Amelies zwölftem Geburtstag war es dann so weit.

»Sieh mal nach draußen«, sagte ihre Mutter geheimnisvoll, als Amelie irritiert guckte, weil neben dem Kuchen kein einziges Päckchen lag. »Dein Geschenk steht im Vorgarten.«

Herr Rosemann hatte Calido mit dem Hänger gebracht und mitten vor das neue Haus an der Waldstraße gestellt.

Amelie fiel fast in Ohnmacht, als sie aus dem Fenster sah. Sie konnte es einfach nicht glauben, kniff die Augen zu und riss sie gleich darauf weit auf, bis sie begriff, dass sie nicht träumte: Mitten auf dem Rasen stand Calido, neugierig und etwas verwirrt, mit einer breiten roten Schleife um den Bauch.

Seit diesem Tag, ihrem zwölften Geburtstag, schwebte Amelie auf einer Wolke aus Glück und sie und Calido gab es seitdem nur noch zu zweit.

Drei Jahre war das her. Drei Jahre gehörten sie zusammen.
In wenigen Wochen wurde Amelie fünfzehn Jahre. Wenn sie daran dachte, jetzt, neben dem zerstörten Weidezaun, brach es ihr fast das Herz. Musste sie den Tag ohne Calido feiern?
Verzweifelt fuhr sie sich über den Kopf, löste das Zopfgummi, ohne es zu bemerken, und rieb sich angetrocknete Schlammreste aus den Haaren.
Sie kam sich schrecklich nutzlos vor. »Können wir denn überhaupt nichts tun, Papa?«
Oliver Eggers zwinkerte zuversichtlich. »Können wir, Amelie! Wir sperren das zerstörte Zaunstück noch besser ab, als du es schon gemacht hast, solange wir auf die Polizei warten. Dein Calido soll doch auf einer sicheren Weide stehen, wenn wir ihn zurückhaben.«
Wenn wir ihn zurückhaben.
Das sagt Papa doch nur, um mich zu beruhigen, dachte Amelie und blickte ihm bedrückt nach, wie er zum Wagen lief und mit Werkzeug und Seilen zurückkehrte. Gerätschaften, die ständig in seinem Kofferraum lagen, denn auf Baustellen gab es immer irgendetwas zu sichern oder abzusperren.
»Wir dürfen keine Spuren zerstören«, sagte er, während er den Zaun begutachtete. »Lass uns die Stricke an den Pfosten festzurren, die noch fest im Boden sitzen.«
Verbissen half Amelie, immer darauf bedacht, keine verräterischen Spuren zu zertreten. Jedes Mal, wenn sie über die Weide blickte, musste sie den Blick sofort senken, weil ihr sonst Tränen in die Augen geschossen wären. Mitten in der Herde graste Menno, als sei nie etwas geschehen.
Bitterkeit stieg in Amelie auf. Warum Menno? Warum nicht Ca-

lido? Natürlich gönnte sie es Ira, dass sie ihren Friesen so schnell gefunden hatte. Aber eine Spur von Neid konnte sie nicht unterdrücken, auch wenn sie Ira anmerkte, dass die sich fast schämte, dass Menno wieder da war.

Gegen Mittag erschien die Polizei. Mit eingezogenen Köpfen krochen zwei junge Uniformierte durch das Unterholz, grüßten und nahmen den Fall auf.
Der etwas ältere mit kurzen schwarzen Haaren notierte Amelies Angaben in sein Notizbuch.
»Friesenwallach, vollständig schwarz, keine weißen Abzeichen. Sieben Jahre alt, Stockmaß 1,62 m, auffallend lange, üppige Mähne. Über dem rechten Sprunggelenk kurze Zickzacknarbe von einer alten Verletzung. Das Pferd ist auf der linken Halsseite gekennzeichnet durch einen Mikrochip, der unsichtbar in den Halsmuskel eingesetzt wurde. Die Chip-Nummer ist im Equidenpass vermerkt, den die Eigentümerin heute Nachmittag bei der Kripo vorlegen wird.«
»Sorry«, sagte der Polizist und unterbrach seine Notizen, als Amelie den Mikrochip erwähnte. »Bin kein Pferdeexperte. Wie sieht ein Mikrochip aus? Wie groß ist der?«
»So klein wie ein Reiskorn; liegt unter der Haut.«
Der Polizist wirkte ratlos und blickte in die Runde. »Und wie erkennt man die Nummer, wenn der Chip unter der Haut liegt?«
Hilflos sah Amelie zu Ira hinüber und ihre Freundin sprang schnell ein. Hatte sie gesehen, dass Amelies Augen schon wieder feucht schimmerten?
»Dafür gibt es Lesegeräte.« Mit Daumen und Zeigefinger zeigte Ira dem Polizisten die Größe an. »Klein wie ein Handy. Das Ge-

rät hält man an den Pferdehals und im Display erscheint die Nummer.«

»Aha.«

Der jüngere Beamte fotografierte mit einer Digitalkamera zuerst den zerstörten Zaun, dann machte er Bilder von den Reifenspuren. »Später kommt jemand von der Spurensicherung und gießt die Abdrücke mit Gips aus. Sind ja sehr schön zu erkennen«, sagte er.

Aus seiner Uniform zog er zwei dünne Klarsichtröhrchen hervor und zupfte kaum sichtbare Fäden vom Gattertor. »Hier ist jemand hängen geblieben. Mit Jacke oder Hose.« Die Textilfasern wanderten in die Röhren. »Ist euch in den letzten Tagen etwas Ungewöhnliches aufgefallen? Habt ihr Unbekannte gesehen, die sich auffällig benahmen?«

Die Mädchen sahen sich an und schüttelten die Köpfe. Dann fiel Amelie doch noch etwas ein.

»Gestern Abend – Reifenspuren an der Weide. Aber ein Hänger war nicht dabei, das hätten wir sonst bemerkt. Meinen Sie denn . . .« Amelie schluckte und biss sich auf die Lippen. Mitfühlend drückte Ira ihren Arm und fragte die Polizisten: »Hat das Auto etwas mit dem Diebstahl zu tun? Am Abend waren unsere Pferde ja noch da.«

Die Polizisten wechselten rasche Blicke.

»Sieht so aus, als hätte jemand eure Weide ausspioniert. Und die Pfosten«, er trat näher heran und begutachtete erneut mit fachkundigem Blick das am Boden liegende Eichenholz, »sind offenbar mit einem Wagen einfach platt gefahren worden, um die Pferde herauszuführen. Dauerte den Dieben wohl zu lange, das Gattertor zu knacken.«

»So etwas von dreist«, murmelte Oliver Eggers. Er kniete neben dem Pfosten und fuhr mit der Hand über die eingedrückte Oberfläche.
»Heute Nachmittag kannst du unter dieser Nummer anrufen.« Der Polizist gab Amelie eine Visitenkarte. »Am besten kommst du mit deinem Vater in die Dienststelle und erstattest Strafanzeige. Kannst dann gleich die Vorgangsnummer mitnehmen.« Er klappte sein Notizbuch zu.
Mit aufgerissenen Augen starrte Amelie den Mann in der grünen Uniform an. War Calido plötzlich nicht mehr Calido, sondern nur noch ein *Vorgang*? Eine seelenlose Akte?
»Vorgangsnummer?«, sagte sie mehr zu sich selber als zu dem Beamten. »Was soll ich damit?«
»Für die Versicherung«, erklärte er geduldig und steckte sein Notizbuch in die Brusttasche. »Ganz billig war das Pferd sicher nicht. Vielleicht habt ihr ja eine Versicherung, die bei Pferdediebstahl zahlt.«
Entsetzt sah Amelie zu ihrem Vater hinüber. Wie konnte jemand das Wort »Versicherung« in Verbindung mit ihrem geliebten Friesen aussprechen?
Herr Eggers sprang auf. Besänftigend legte er Amelie den Arm um die Schulter. »Er muss das sagen, reg dich bitte nicht auf.«
Aber Amelie schüttelte ihren Vater ab und funkelte den Polizeibeamten empört an, der sich schon zum Gehen wandte.
»Sind Sie verrückt? Ich will kein Geld von der Versicherung. Ich will mein Pferd wiederhaben.«
Beschwichtigend reichte der Beamte ihr die Hand. »Natürlich, Mädchen. Wir geben die Sache gleich weiter an die Kollegen von der Kripo, damit die Suche in Gang kommt. Alles Gute für dich.«

Während die Polizisten sich grüßend an die Dienstmützen tippten und im Dickicht hinter der Weide verschwanden, ging in Amelies Kopf alles durcheinander. Versicherung! Wer konnte daran auch nur denken!

Verzweifelt starrte sie auf die Koppel, wo die Pferde sich in Zweiergruppen verteilten. Nur Menno graste allein. Ira war zu ihm hinaufgelaufen und kauerte neben seinem Kopf im Gras.

Die Weide sah aus wie immer. Trotz der Mittagshitze zwitscherten einige Vögel und die Holunderblätter rauschten leise. Die Araber beknabberten sich gegenseitig den Rücken. Der Trakehner schnaubte. Frieden lag über der Landschaft. Wäre der notdürftig geflickte Zaun nicht gewesen, nichts hätte darauf hingedeutet, dass in dieser Idylle etwas passiert war.

Pferdediebstahl stand im Polizeiprotokoll.

Aber für Amelie war es der Weltuntergang.

3. Kapitel

Wie betäubt starrte Amelie durch die Dunkelheit an die Zimmerdecke. Seit Stunden wälzte sie sich im Bett hin und her. Wie sollte sie Schlaf finden nach diesem entsetzlichen Tag?
Amelie tastete neben sich. Vom nassen Halfter am Bettpfosten tropfte es gleichmäßig auf ihre Matratze. Als Erstes hatte sie, als sie von der Weide heimkam, Calidos Halfter gewaschen und zum Trocknen neben ihr Kopfkissen gehängt, ganz nahe bei sich. Ihr war es egal, dass dadurch das halbe Bett nass wurde. Die silbernen Buchstaben fielen fast auseinander, aber so sah Calidos Halfter in jedem Sommer aus.
»Nimm doch für die Koppel ein anderes Halfter, etwas Einfaches«, sagte Ira jedes Mal vor der Weidezeit, aber auf dem Ohr war Amelie taub. Calido sollte ihr Freundschaftszeichen immer tragen, unbedingt, dafür setzte sich Amelie gern alle paar Monate hin und stickte die ausgerissenen Silberbuchstaben nach. Gleich morgen wollte sie die Reparatur in Angriff nehmen. Jetzt erst recht. Vom Schmerz überwältigt, stöhnte Amelie auf. Würde Calido das Halfter jemals wieder tragen? Sie musste sich aufrichten, so heftig schlug plötzlich ihr Herz.
Der Wecker leuchtete ihr ins Gesicht. Kurz vor vier Uhr.

Amelie stützte die Ellenbogen auf die Matratze. Ob die Verbrecher erneut zugeschlagen hatten? Ira war sehr unruhig gewesen. Spät am Abend hatte sie Amelie noch eine SMS geschickt.

> Vielleicht kommen die diebe zurück und nehmen menno mit habe furchtbare angst

Grundlos war die Furcht nicht, das meinte auch Kriminalhauptkommissar Schulte, bei dem Amelie und ihr Vater gestern Nachmittag Strafanzeige erstattet hatten.
Freundlich und verständnisvoll war dieser Herr Schulte gewesen. Wie begeistert er von Calidos Fotos gewesen war, die sie vor ihm auf dem Schreibtisch ausgebreitet hatte. »Ein toller Kerl!«
Der Polizist kannte sich ein wenig mit Pferden aus. Während er die Bilder sorgsam in eine Aktenmappe schob und das Protokoll vom Morgen zur Hand nahm, erzählte er, dass seine Tochter auch eine Pferdenärrin sei.
»Offenbar hat man es speziell auf die Friesen abgesehen«, sagte Herr Schulte, während er sich über die Aufzeichnungen beugte, »hier steht, dass acht weitere Pferde auf der Koppel standen.«
Amelies Vater nickte. »Sogar teure Pferde.«
Schulte lehnte sich im Drehstuhl zurück. »Hm, sieht fast so aus, als wüsste der Dieb genau, wo er gerade Friesen gut zu Geld machen kann.«
»Was?«, rief Amelie. »Und wenn Calido wirklich an jemanden verkauft wird?« Aufgeregt sprang sie vom Stuhl auf. »Darf man ein gestohlenes Pferd behalten?«
Spontan tauchten Bilder in ihrem Kopf auf – Bilder von einem anderen Mädchen, einem fremden Mädchen, das auf Calido über sonnenbeschienene Reitwege galoppierte. Wie in einem Film spulte sich die Szene vor Amelie ab. Sie sah die Reiterin vorgebeugt in den Steigbügeln stehen und Calido den Hals klopfen. *Ihrem* Calido. Amelie schluckte. War es möglich, dass Calido sie irgendwann vergaß? Nein, das konnte nicht sein!

Mit sanfter Gewalt drückte Herr Eggers seine Tochter zurück auf die Sitzfläche und der Polizeibeamte winkte beruhigend ab. »Keine Sorge, Mädchen. In Deutschland kann man nicht Eigentümer von Diebesgut werden. Auch nicht, wenn man es in gutem Glauben kauft. Sobald der echte Eigentümer sich meldet, muss das Pferd kostenlos zurückgegeben werden. Dazu muss es aber natürlich erst einmal wiedergefunden werden.«
Seine Finger hackten in die Tastatur seines Computers und mit gerunzelter Stirn studierte er den Bildschirm. »Wie gesagt, so ist das in Deutschland beim Kauf von gestohlenen Pferden. In Holland allerdings, und ich glaube, auch in Belgien …«
Nervös scharrte Amelie mit den Schuhen und fiel ihm ins Wort. »Wie ist es dort? Sagen Sie doch!«
»Wer dort ein gestohlenes Pferd kauft, kann es in der Regel behalten – wenn er geglaubt hat, dass es dem Verkäufer gehörte. Dann hat der echte Eigentümer schlechte Karten.« Schulte hob den Blick und ließ ihn zwischen Amelie und ihrem Vater hin- und herwandern. »Man muss dann sein eigenes Pferd zurückkaufen.«
»Ach so«, sagte Amelies Vater. Das klang fast erleichtert. »Dafür bringen wir notfalls auch noch Geld auf. Stimmt's, Amelie?«
Sie nickte. »Wenn ich ihn nur zurückbekomme«, flüsterte sie.
Herr Eggers strich ihr über den Arm. Amelie merkte, wie nahe ihrem Vater die Sache mit Calido ging und wie sehr er litt, weil sie wie ein zusammengesunkenes Häufchen Elend neben ihm saß.
Herr Eggers legte dem Kripomann die mitgebrachten Papiere vor, Eigentumsurkunde und Pferdepass. Die wichtigen Daten über Calido waren eingetragen, auch die Narbe am Sprungge-

lenk und die Nummer des Mikrochips. »Wer einen Friesen ohne Pferdepass kauft, der muss doch wissen, dass die Sache faul ist, oder nicht, Herr Schulte?«

Der Kriminalobermeister wiegte den Kopf. »Eigentlich ja. Aber mancher Käufer fragt nicht nach dem Pferdepass, wenn er ein Klassepferd für den halben Preis kriegt. Und natürlich kann man Papiere auch fälschen.«

Schulte sah sich noch einmal die Notizen über den Vorgang an, die ihm seine Kollegen übergeben hatten.

»Vielleicht sind es Serientäter«, sagte er. »Die erkennt man an ihrer typischen Arbeitsweise. Dass Zaunpfosten umgemangelt werden, kommt selten vor. Meistens werden Schlösser geknackt.« Er räumte die Akte beiseite. »Jedenfalls tauschen wir uns auch mit anderen Polizeidienststellen aus, ob dort ähnliche Fälle gemeldet sind.«

Er stand auf, trat um den Schreibtisch herum und reichte Amelie die Hand. Der nächste Besucher wartete draußen im Flur. »Wir informieren auch die Polizei in Holland und Belgien. Dort tauchen nämlich nicht selten in Deutschland gestohlene Pferde wieder auf. Besonders aus den Grenzgebieten, also aus dem Rheinland oder aus Ostfriesland. Man ist ja im Nu drüben und Grenzkontrollen gibt es kaum noch.«

Damit waren sie entlassen.

Mit einem Seufzer ließ sich Amelie vom Kopfende zurück ins Bett gleiten.

Im Garten stimmten die ersten Amseln ihr Morgenkonzert an. Am liebsten wäre Amelie nach draußen gerannt, um jedem einzelnen Vogel den Schnabel zuzuhalten. Sie wollte kein fröhli-

ches Gezwitscher hören! Wie konnte dieser Tag nur wie jeder andere beginnen? Nichts war mehr wie vorher. Alles, was ihr Leben ausgemacht hatte, war weggebrochen.
Wie gerädert stand Amelie schließlich auf. Automatisch griff sie zu ihrem Abreißkalender, zog das dünne Blatt vom 31. Mai ab und ließ es in den Papierkorb flattern. Doch einer Eingebung folgend, holte sie es wieder hervor, strich es glatt und legte es in die Schreibtischschublade. Alle Kalenderblätter wollte sie sammeln, bis Calido zurück war. Sie brauchte etwas, an das sie sich klammern konnte, eine Ordnung, ein System.
Amelie nahm das blaue Halfter vom Bettgestell und hängte es sich über die Schulter, bevor sie aus dem Zimmer schlich.

Hinter der gegenüberliegenden Tür atmete ihr großer Bruder tief und gleichmäßig. Gestern hatte er ihr geholfen, Suchplakate für Calido zu basteln.
Phil hat es gut, dachte sie, der spielt Basketball, dem passiert so etwas nicht. Basketbälle haben keine Seele.
Barfuß tigerte Amelie durchs Haus, bis zur Kellertreppe und durch die Diele mit den kühlen Fliesen zum Wohnzimmer. In der Küche trank sie einen Schluck Milch, obwohl sie keinen Durst hatte. Doch sie musste sich irgendwie beschäftigen.
Unruhig ging sie vor dem Elternschlafzimmer auf und ab, und ein paar Mal war Amelie drauf und dran, die Klinke zu drücken und sich unbemerkt ins Ehebett zu legen. In die Mitte zwischen ihre Eltern. Wie früher, als kleines Kind, wenn sie schlecht geträumt hatte und so lange weinte, bis ihre Mutter sie ins Bett holte und tröstete.
Aber dieses war kein schlechter Traum. Es war die Realität und

sie wurde bald fünfzehn. Unmöglich, wie ein Säugling zwischen Mama und Papa zu kriechen.
Erschreckt fuhr Amelie zusammen, als die Klinke sich bewegte und ihr Vater mit Jeans und T-Shirt überm Arm plötzlich in der Tür stand. Er erschrak genauso. Wer rechnet schon morgens um vier damit, dass jemand auf dem dunklen Flur steht?
»Was ist los?«, flüsterte er, legte den Finger auf den Mund und deutete mit dem Kopf zurück ins Schlafzimmer, wo seine Frau noch fest schlief. Mit sanftem Druck schob er Amelie vor sich her in die Küche.
»Dir geht Calido durch den Kopf«, sagte Oliver Eggers mit gedämpfter Stimme, während er Wasser in die Kaffeemaschine laufen ließ und den Filter vorbereitete. »Mir geht es nicht anders.« Wie so häufig musste der Ingenieur, ein sportlicher Zweimetermann, auch an diesem Morgen schon in aller Herrgottsfrühe zu einer entfernten Baustelle.
Amelie nickte stumm. Kaffeearoma erfüllte die Küche. Der Duft beruhigte sie, damit verband sie wunderbare Frühstücksstunden mit der Familie. Sonntags saßen sie alle vier beisammen, in gemütlicher Runde, und jeder erzählte von seiner Woche. Mama von ihrer Apotheke, wo sie halbtags arbeitete, Papa brachte Geschichten von seinen Baustellen mit, und Phil, ihr achtzehnjähriger Bruder, der wie sein Vater an die zwei Meter reichte, gab Verrücktes von Basketball-Turnieren zum Besten. Für sie selbst, für Amelie, gab es natürlich nur ein Thema – Calido. Selbstverständlich war sie in der Regel vor dem Frühstück bei ihm gewesen.
»Kann es nicht sein, dass auch Calido den Dieben noch entwischt ist?«, flüsterte Amelie über den Tisch. »Vielleicht ist er längst zurückgekommen und läuft vor dem Gatter auf und ab.«

Im Stehen goss Herr Eggers Kaffee ein und seufzte, während er zwei Zwiebäcke aus der Tüte angelte.
»Schön wäre es. Möglich ist alles.«
»Kannst du mich vor der Arbeit noch zur Weide fahren?«, fragte Amelie schnell. »Bitte, Papa.«
Herr Eggers warf einen Blick auf die Uhr, überschlug seine Termine und nickte, während er ein Stück Zwieback herunterschluckte. »Gut, ich bin früh dran und habe noch etwas Zeit. Mach dich fertig, ich dusche rasch.«
Kurz darauf saßen sie im Volvo und fuhren durch das fast unbelebte Viertel in Richtung Kottenforst. Die erste Morgensonne rieselte durch die alten Buchen, deren Kronen sich über die stillen Straßen neigten. In regelmäßigen Abständen fiel das kupferfarbene Licht auf große Suchplakate, die Amelie mit Phil und Ira noch gestern Abend an die Stämme gepinnt hatte. Selbst aus dem Auto konnte man den Hilferuf lesen.
»Pferd verzweifelt gesucht!«
Erneut stiegen Amelie Tränen in die Augen, und sie suchte umständlich nach einem Taschentuch, bis ihr Vater ihr wortlos eins reichte. Dass hier Zettel an den Baumstämmen hingen, war nicht ungewöhnlich; häufig suchten Tierbesitzer nach entlaufenen Hunden und Katzen – aber dass Amelie einmal ihr eigenes Pferd an den Bäumen sehen musste …
Bauingenieur Eggers schaltete zurück und bog in den holprigen, ausgewaschenen Pfad ein, der zur Weide führte. Nicht leicht zu finden, dieser abgelegene Feldweg. Wahrscheinlich hatte die Kripo recht, dachte Amelie, die Diebe haben die Koppel mit den Friesen regelrecht ausspioniert.
Bevor das üppige Gebüsch begann, parkte Herr Eggers den Wa-

gen an der Seite, ein Stück vor der Lichtung, auf der das verräterische Auto mit Hänger gestanden haben musste.
»Wer weiß, ob die Spurensicherung gestern noch Gipsabdrücke von den Reifen genommen hat«, sagte er und stieg aus. »Wir wollen lieber nichts zerstören.«
Da war Amelie schon aus der Autotür und rannte los. Mit den Händen bahnte Amelie sich einen Weg durch das Dickicht der Zweige, eine Abkürzung, und mit Herzklopfen lief sie die letzten Meter zur Weide hinauf. Wenn Calido doch vor dem Tor stände, mit hochgerecktem Kopf, und ihr freudig zuwieherte!
Aber alles, was sie sah, waren neue Zaunstangen und senkrecht aufgerichtete Pfosten. Das zerstörte Stück war fachmännisch ausgebessert worden. Auch das Tor wirkte intakt, das Schloss blitzte in der Morgensonne.
Die Diebe waren nicht zurückgekommen.
Aber Calido auch nicht.
Da stand ihr Vater schon neben ihr und kam gleich mit einem Vorschlag. »Wir lassen nichts unversucht. Komm, wir umrunden die Koppel, du gehst rechtsherum, ich links. Vielleicht finden wir frische Hufspuren.«
Ohne Zeit zu verlieren, hasteten sie los. Gleichzeitig trafen sie wieder vor dem Tor ein, und als jeder hoffnungsvoll den Blick des anderen suchte, war klar, dass keiner eine Spur gefunden hatte.
Von der Weide kam ein leises Schnauben. Amelie spähte über die Koppel – und wollte ihren Augen nicht trauen! »Papa, sieh doch. Nur noch fünf Pferde! Menno ist da, Gott sei Dank. Aber die Araber fehlen! Und die Hannoveraner!«
Amelie befühlte die schweren glatten Ketten, die das Tor si-

cherten. Intakt. Der Zaun … ebenfalls vollkommen in Ordnung, sogar das Elektroband war erneuert und gespannt worden.
»Das ist unglaublich.« Herr Eggers fasste sich an den Kopf. »Hör zu, Amelie. Ich muss jetzt dringend zur Arbeit. Ich bringe dich jetzt nach Hause und dann rufst du bei Bauer Aukrug an.« So hieß der Landwirt, dem die Pferdeweide gehörte.

Nachdem Herr Eggers sie um kurz vor sechs vor dem Elternhaus abgesetzt hatte, stürzte sich Amelie sofort ans Telefon und rief den Weidebesitzer an.
Sie wusste, dass Bauer Aukrug seit fünf Uhr auf den Beinen war, wie jeden Tag, um seine Kühe zu versorgen. Es dauerte eine Weile, bis er sich meldete.
»Herr Aukrug, von Ihrer Weide sind schon wieder Pferde verschwunden«, sagte Amelie aufgeregt. »Ich komme gerade von dort. Amelie Eggers hier. Sie wissen ja, gestern ist Calido . . .« Sie musste sich räuspern und setzte noch einmal an. »Mein Vater hatte Sie angerufen, weil mein Friese gestohlen wurde.«
»Ja. So eine Frechheit. Was sagst du? Noch mehr Pferde weg? Ach, meinst du etwa die Araber und die beiden Hannoveraner?« Wieso war er nicht erstaunt? Im Hintergrund brüllten dumpf und durchdringend Kühe. »Die vier sind gestern zurück in den Stall gebracht worden. Nach dem dreisten Diebstahl haben die Eigentümer Angst, dass auch ihre Pferde wegkommen.«
So war das also. Die Pferde waren in Sicherheit. Nur ihr Pferd hatte man gestohlen. Nur sie allein musste mit einem solchen Schmerz fertig werden.
Warum ich?, dachte Amelie und Zorn wallte in ihr auf. Warum ausgerechnet ich? Warum traf es beispielsweise nicht die blöde

Araber-Besitzerin, diese arrogante Ziege? Die sorgte sich bei Weitem nicht so liebevoll um ihre Pferde, wie sie sich um Calido kümmerte.

»Ich halte die Augen auf wegen deines Friesen«, hörte sie Herrn Aukrug sagen. »Und ich gebe auch anderen Bauern hier in der Gegend Bescheid. Habe gehört, dass geklaute Pferde oft auf einsame Weiden gestellt werden. Von da werden sie nach und nach auf Pferdemärkten verschachert.«

Verschachert! Das Wort fuhr Amelie wie ein Messerstich ins Herz. Von einem Tag auf den anderen war Calido nur noch eine Ware, mit der jemand Geld machen wollte.

»Gut«, sagte sie leise, »besten Dank«, und sie wollte schon auflegen, da kam Bauer Aukrug noch mit einem guten Rat. »Schreib doch den Fall ans Landwirtschaftsblatt, das lesen alle Bauern.«

Amelie ließ sich die E-Mail-Adresse geben und setzte sich gleich vor ihren Computer.

Hoffentlich veröffentlichen sie meinen Suchaufruf schnell, dachte sie, als sie die Mail abschickte.

Dann suchte sie ihre Schulbücher zusammen.

4. Kapitel

Johlend jagte eine Horde Jungen über den Pausenhof und trat sich gegenseitig in die Waden, als Amelie um kurz vor acht vor ihrem altehrwürdigen Schulgebäude eintraf. Der gleiche Krach wie jeden Morgen. Sie blickte nur kurz hoch. Immer dieselben Irren aus der 8b, ihrer Klasse, ein paar Vierzehnjährige, die sich unaufhörlich wichtig machen mussten.

Von allen Seiten rückten Schüler an, stellten ihre Fahrräder ab und fanden sich in kleinen Gruppen zusammen, die lachend und diskutierend zu dem geschwungenen Treppenaufgang vor dem Haupteingang strömten. Scherze flogen hin und her, es herrschte beste Laune, ein schöner Tag. Eigentlich.

Mit gesenktem Kopf schlich Amelie zur Treppe und stieg die ausgetretenen Stufen hoch, ohne in dem dichten Gedränge mit jemandem zu sprechen. Hoffentlich sah niemand ihre verweinten Augen! Bewusst hatte sie ihre dunkelste Sonnenbrille herausgesucht und ein Sweatshirt mit Kapuze, die tief in die Stirn reichte.

»Warum vermummst du dich bei der Wärme? Was ist los?«

Von hinten stieß jemand Amelie an.

Zum Glück war es Kerstin, ein zierliches, dunkelhaariges Mädchen, die Einzige in ihrer Klasse, die ebenfalls ritt – Ira ging auf eine andere Schule.

Forschend sah Kerstin Amelie an. »Krank? Vom Pferd gefallen?«

Amelie schüttelte den Kopf und bog in die kühle, geflieste Eingangshalle ein. Sie drückte sich um die Ecke und lehnte sich an die Wand zum Lehrerzimmer.

»Mein Pferd ist gestohlen worden«, flüsterte Amelie und sofort wurden ihre Augen wieder feucht. Sie biss sich auf die Lippen und schluckte. Außer mit Kerstin wollte sie in der Schule mit keinem über Calidos Verschwinden reden. Sie kannte die blöden Bemerkungen, die sich reitende Mädchen anhören mussten. Meistens waren es die Jungen, die überall ihren Senf dazugeben mussten. Ständig stichelten sie und ihre blöden Kommentare hörten sich immer gleich an: »Na, Amelie, wann heiratest du deinen heißen Hengst?« Die Idioten konnten ja nicht mal einen Hengst von einem Wallach unterscheiden und ärgerten sich bloß, weil sie ihnen die kalte Schulter zeigte. Dazu kam, dass Amelie zu den Besten gehörte, was einige Klassenkameraden schlecht ertrugen.

Spontan flog Kerstin ihr um den Hals. »Das ist ja schrecklich. Kann ich dir irgendwie helfen?«

Zwei Lehrer, die hastig ihre Brötchen zu Ende kauten, zwängten sich gegen den Strom durch die hereindrängelnden Schüler und musterten Amelie mit ihrer dunklen Sonnenbrille und der hochgezogenen Kapuze, ohne sie anzusprechen.

Amelie strich sich fahrig übers Gesicht und stellte ihren Rucksack auf die Fensterbank. »Ja, kannst du.« Aus der Vortasche zog sie einen Suchzettel hervor, den sie vorhin noch rasch für Kerstin eingesteckt hatte. »Hängst du den Aufruf in deinem Stall auf?«

Kerstin nahm das Blatt Papier in die Hand, und bevor sie es auch nur überfliegen konnte, wurde es ihr schon aus den Fingern gerissen. Empört fuhr sie herum. Dennis. Ausgerechnet.

Der massige Junge hüpfte mit seiner Beute durch die Halle und hielt sie wie eine Jagdtrophäe hoch. Schreiend vor Lachen, brüllte er den Text über den Schulflur, was allerdings nur wenige Schüler zu interessieren schien. Dennis und seine Gang provozierten ständig, dafür waren sie bekannt.

»Hört alle zu!«, schrie er. »Verzweifelt gesucht! In der Nacht vom 30. auf den 31. Mai wurde mein Friesenwallach Calido gestohlen.«

Theatralisch rang er die Hände. »Oh wie entsetzlich, ein böser Onkel hat Amelies liebes Pferd geklaut. Ach, die arme Amelie.«

Wie versteinert presste Amelie sich an die Mauer.

»Du Vollidiot.« Kerstin versuchte, nach dem Flugblatt zu schnappen, aber blitzschnell wanderte es von Dennis zu seinem Freund Alexander hinüber, der weiter laut vorlas und sich dabei vor Lachen bog. »Hohe Belohnung für den Finder. Bitte helfen Sie mir.«

Die Tür vom Lehrerzimmer flog auf und Herr Decker, Physik und Mathe, schoss heraus. »Natürlich. Dennis und Alexander wieder. Gib mir das Papier, Alexander.«

Widerstrebend händigte der Junge ihm das Plakat aus, das Studienrat Decker überflog und danach Amelie reichte. »Ich habe euch bis drinnen schreien gehört.« Verärgert schob er seine Lesebrille aufs Haar. »Euer Benehmen ist peinlich und unsozial. Ich will so etwas nie wieder hören.«

Herausfordernd mischte Dennis sich ein. »Was haben wir denn getan? Wir wollten nur unser Interesse an dem Pferd zeigen.«

»Zieh hier keine Show ab, Dennis. Dein Interesse kannst du gleich in Physik zeigen. Bin gespannt, was du mir über komprimierte Luft und Hektopascal berichten kannst.«

Dennis warf den Kopf zurück. »Pah! Die Mädchen mit ihren blöden Gäulen.«

»Ab in die Klasse.«

Studienrat Decker nickte Amelie zu, während die Jungen betont langsam über den Gang verschwanden. »Tut mir leid für dich, Amelie«, sagte er, bevor er sich ebenfalls auf den Weg zum Unterricht machte.

Irgendwie brachte Amelie die quälenden Schulstunden hinter sich. Kaum erklang der Schlussgong, schnappte sie ihren Rucksack und stürzte aus dem Klassenraum. Nur Kerstin streifte sie im Hinauslaufen mit einem flüchtigen Blick. Das Mädchen hob den Daumen, was wohl heißen sollte, dass sie sich um den Suchzettel kümmern würde.

Amelie durchquerte den langen Flur, nahm auf der Treppe zwei Stufen auf einmal und lief, ohne anzuhalten, über den Schulhof auf die Straße.

Erst weit hinter dem Haltestellenschild der Linie 6 drosselte sie das Tempo und ging wieder normal weiter. Atemlos zog sie ihre Kapuzenjacke aus und stopfte sie hinter einen Rucksackgurt. Mit dem Bus zu fahren, umgeben von lärmenden Mitschülern – womöglich mit Dennis und Alexander –, allein der Gedanke war ihr unerträglich.

Stinkende Lastwagen röhrten an Amelie vorbei, als sie den menschenleeren Gehsteig entlang der vierspurigen Hauptstraße einschlug. Die Mittagssonne brannte erbarmungslos.

Diese Hitze! Vor zwei Tagen noch wäre Amelie niemals freiwillig diese Strecke gegangen, kein Bonner tat das. Doch sie hatte das Gefühl, leiden zu müssen. Das war sie Calido schuldig!

Ihre neuen Schuhe scheuerten an den Fersen. Aber der Schmerz war Amelie willkommen, es kam ihr vor, als könnte sie dadurch Calidos Unglück teilen. Dass es ihm nicht gut ging, stand für sie fest. Selbst wenn man ihn gut untergebracht hatte, würde er verwirrt sein und sie furchtbar vermissen.

»Friesen gewöhnen sich sehr an ihre Bezugsperson und an die Umgebung.« Die Worte des Züchters klangen Amelie im Ohr, als wäre es gestern gewesen. »Immer wieder kommt es vor, dass Friesen heftig unter Heimweh leiden, wenn sie umziehen müssen. Ständige Stallwechsel sollte man ihnen ersparen.«

In einem jähen Aufflackern von Zorn und Grimm versetzte Amelie dem nächsten Ampelmast einen Tritt. Was nützte die ganze liebevolle Vorsorge, wenn Verbrecher den Traum auf einen Schlag zerstörten?

Damit Calido einen Top-Stall bekam, hatten ihre Eltern vor drei Jahren lange nach der richtigen Anlage gesucht. Sie selbst war zu unerfahren gewesen, aber inzwischen konnte Amelie beurteilen, dass der Grotenhof wirklich ideal war. Ein Glücksfall war, dass Ira mit ihrem Friesen Menno schon dort stand, als Calido einzog. Unglaublich, wie hilfsbereit Ira war, sie verstanden sich auf Anhieb. Kein Wunder, zwei Friesennärrinnen unter sich ...

Die wund gescheuerte Haut an den Fersen brannte wie Feuer, aber das lenkte Amelie wenigstens hin und wieder von den bohrenden Gedanken ab.

Sie umrundete eine Straßensperrung und stutzte – denn sie stand nicht vor ihrem Elternhaus, sondern vor dem Grotenhof. Erst als sie eine Weile auf das lang gestreckte Stallgebäude gestarrt hatte, registrierte Amelie, dass sie ganz in Gedanken an der Hauptstraße den Weg zu Calidos Stall eingeschlagen hatte. Automatisch, wie sie es vor der Weidezeit oft getan hatte, wenn wenig Hausaufgaben zu erledigen waren.

Eine Fahrradklingel schreckte sie auf.

»Hi.« Zwei kleine Mädchen mit Kappe, die offensichtlich zum Reitunterricht fuhren, schossen an ihr vorbei und winkten grüßend.

Die haben noch Pferde, auf die sie sich freuen können, dachte Amelie voller Bitterkeit.

Jeder in diesem Stall hatte sein Pferd noch, jeder. Nur sie nicht. Sie fühlte sich krank und elend und überflüssig.

Amelie lehnte sich an den Laternenpfahl am Eingang und sah zum Stall hinauf. Ob sie hineingehen sollte? Würde es ihr dann besser gehen? Oder noch schlechter? Amelie konnte sich lebhaft vorstellen, wie die kleinen Reitschüler sich auf die Schulpferde stürzten und mit ihren Lieblingen schmusten. Alles in ihr wehrte sich dagegen, das Gebäude mit Calidos leerer Box zu betreten.

Amelie drehte ihrem Reitstall den Rücken zu und machte sich zur Bushaltestelle auf.

5. Kapitel

Im Dunkeln war alles noch schwerer zu ertragen.
Amelie schlug die Bettdecke zurück, stand auf und schaltete die Schreibtischleuchte an. Der Lichtkegel fiel auf den Stapel kopierter Zettel.
Pferd verzweifelt gesucht!
Verloren strich ihre Hand über das gerahmte Bild von Calido auf dem Schreibtisch. »Du kommst doch wieder?«, flüsterte Amelie.
Was konnte das Leben ihr bieten ohne Calido? Er hatte alles verstanden, was sie bewegte. Ganz sensibel gespürt, wenn sie traurig war, und ihr dann den Kummer einfach weggeschmust. Sie musste sich furchtbar zusammenreißen, um nicht ständig zu heulen.
Hatte sie bisher genug getan, um Calido zu finden? Wieder und wieder ging Amelie in Gedanken den gestrigen Tag durch.
Nachmittags war sie mit Ira zur Weide gefahren, aber dort hatte sich nichts geändert. Rundherum, an Zaunpfosten und Strommasten, hingen jetzt ihre Suchplakate. Ab und zu verirrten sich Spaziergänger in die abgelegene Gegend. Wer weiß, vielleicht hatte jemand die Diebe beobachtet?
Wie unter Zwang begann Amelie, in ihrem kleinen Raum auf und ab zu wandern. Sie dachte an Ira und Menno.
Ira ging es nicht besonders. Ihr Friese war auf der Koppel plötzlich das fünfte Rad am Wagen. Ohne seinen Freund Calido stand Menno unversehens im Abseits. Nachdem auf einen Schlag fünf Pferde auf der Weide fehlten, wurde die Rangordnung neu hergestellt. Die beiden Oldenburger, der Westfale

und der Trakehner kannten einander schon lange und duldeten keinen Fünften in ihrer Mitte.
Vorher, in der Zehnergruppe, hatte es nie Probleme gegeben. Aber nun … nicht einmal zum Fellkraulen fand Menno einen Kumpel. Neuerdings führten die vier Pferde sich wie eine Herrschaftsmacht auf und Menno war ihr Sklave. Es hatte nicht einmal einen Tag gedauert, bis sie Menno den Zugang zur Weidehütte verwehrten. Stur stellten die Pferde sich quer in den Unterstand und verjagten ihren Weidegenossen sogar von der Tränke.
Verwirrt und traurig, stand der gutmütige Menno allein im Abseits. Calidos Verschwinden schien im ebenso nahezugehen wie Amelie. Was hatte Amelie Ira vorgestern beneidet, weil Menno nichts passiert war! Jetzt litt auch Ira, und Amelie empfand – ganz heimlich und tief verborgen in einem kleinen schwarzen Winkel ihrer Seele – einen Hauch von Genugtuung darüber.
So sah es im Moment an der Weide aus. Deprimierend.
Am Abend hatte Amelie alle Reitställe der Umgebung angerufen und den Diebstahl bekannt gegeben. Ihren Spruch kannte Amelie schon auswendig: »Bitte seien Sie misstrauisch, wenn Ihnen jemand einen Friesen verkaufen will. Oder wenn Reiter eine Box für ein neues Pferd suchen.«
Phil hatte einen Suchzettel zweihundert Mal kopiert. Gleich nach der Schule wollte Amelie losgehen und die Zettel in jeden Briefkasten der Umgebung stecken. Nachher musste sie ohnehin das Stadtteilblatt herumbringen, der Zeitungspacken lag gebündelt vor der Haustür. Mit dem Austragen verdiente sie Geld für den neuen Dressursattel.

Amelie griff nach dem Foto auf ihrem Tisch und betrachtete Calidos Gesicht. War das wirklich sie gewesen, Amelie Eggers, die ein Jahr lang nach einem neuen Sattel gejammert hatte? »Ohne Dressursattel komme ich reiterlich nicht weiter.« Wie hatte sie jemals glauben können, ein blöder Sattel sei der Schlüssel zum Glück? Wie gern würde sie darauf verzichten, wenn sie nur Calido wieder hätte.

Voller Unruhe marschierte Amelie zum Fenster und trommelte gegen die Scheibe. Ihr Blick streifte den Computer, der neben den Suchzetteln auf dem Schreibtisch stand. Wozu hatte sie einen Internetanschluss? Vielleicht fand sich im Netz etwas Brauchbares? Etwas, das ihr bei der Suche nach Calido half?

Amelie schaltete den PC an. E-Mail von Ira.

> Ich denk an dich!!! Fühl mich auch eklig. Ich muss unbedingt ein neues Pferd für die Koppel finden. Als Gesellschaft für Menno, damit er einen Kumpel hat. Hdl Ira.

So eine Frechheit! Wie konnte Ira schon nach einem Tag Ersatz für Calido suchen? Iras Mail löste in Amelie richtigen Ärger aus und sie antwortete sofort.

> Finde ich übertrieben mit dem neuen Weidepferd. Was ist, wenn Calido morgen wieder da ist???

Amelie zögerte kurz. Normalerweise endeten ihre Mails untereinander immer mit hdl – hab dich lieb. Aber das Kürzel ging ihr heute nicht von den Fingern.

Während Iras Nachricht noch in ihr bohrte, klickte Amelie sich durch zahlreiche Pferdeseiten, bis sie wie elektrisiert an einem Stichwort hängen blieb: Pferdediebstahl.

In Windeseile überflog sie die Seiten und Iras Mail war vergessen. Eine Pferdehotline, die Hilfe bei der Suche nach verschwundenen Pferden bot. Bisher hatte sie nicht gewusst, dass es so etwas gab. Aber bis jetzt hatte sie ja auch keinen Anlass gehabt, danach zu suchen. Aufgeregt zappte Amelie hin und her. Man konnte Beschreibungen von gestohlenen Pferden ins Internet stellen und auf diese Weise in alle Welt verbreiten. Sorgfältig las Amelie jeden einzelnen Steckbrief durch.

Haflinger Stute bei Bielefeld gestohlen.

Schweres Warmblut bei Landshut/Niederbayern gestohlen.

Quarter Horse in Salzgitter gestohlen.

Hochtragende Islandstute bei Bonn gestohlen.

Amelie klickte den letzten Steckbrief an. Die beschriebene Weide lag ganz in ihrer Nähe. Wer war so dreist, eine hochtragende Stute zu stehlen?

Vier Friesen in Meppen gestohlen.

Zwei Fjordpferde bei Bamberg gestohlen.

Darunter fand Amelie einen Nachsatz, der kürzlich erst dazugestellt worden war und über dem eine rote Überschrift flimmerte: *Wiedergefunden! Die beiden Fjordpferde wurden drei Wochen nach dem Diebstahl auf dem Pferdemarkt in Hamm entdeckt!*

Was für eine fantastische Nachricht!

Und gleich dahinter der nächste gute Bescheid: *Wiedergefunden! Islandpferde – bei Hamburg gestohlen und von der Polizei auf einer abgelegenen Wiese sichergestellt.*

Und noch eine: *Wiedergefunden! Pintostute, bei Dresden gestohlen. Aufgrund des Steckbriefs in einer Pferdezeitschrift erkannt und von ihrem neuen Besitzer zurückgegeben.*

Wiedergefunden.

Amelie lehnte sich zurück und blies Luft durch die Lippen. Wie-

dergefunden. Nur noch dieses Wort sah sie auf dem Bildschirm. Jeder einzelne Buchstabe flimmerte ihr fröhlich entgegen.
Auf einmal fühlte Amelie sich leicht und beschwingt, ja fast froh. Es gab einen Lichtblick! Man fand gestohlene Pferde wieder! Sie blieben nicht für alle Zeiten verschwunden!
Auch Calido wird man finden, dachte sie mit neuer Zuversicht, hundertprozentig.
Amelie rollte mit dem Stuhl ein Stück weiter und griff nach dem Fotostapel auf dem Schreibtisch. Bei jedem Bild tauchten Erinnerungen an Calido auf. Besonders bei ihrem Lieblingsbild wurde Amelie das Herz schwer. Extra für dieses Foto hatte sie ihm die Mähne sorgfältig gewaschen und mit Glanzspray zum Schimmern gebracht.
»Bring Calido auf den Paddock«, hatte Ira geraten. »Dort steht er vor blauem Himmel und seine Mähne kommt gut heraus.«
Der Tipp war fantastisch. Calido stand ganz frei und stolz mit hochgerecktem Kopf vor dem leuchtenden Blau, so blau wie sein Halfter, auf dem die silberne Schrift blitzte, und seine Mähne fiel ihm lang und glänzend über den Hals. Was für ein schönes Gesicht Calido hatte! Sein ausdrucksvoller Blick, der war ihr zuerst aufgefallen. Wenn Calido sie aufmerksam aus seinen Samtaugen musterte, dann hatte sie das Gefühl, er verstand jede Regung ihrer Seele.
Amelie konnte gar nicht anders, als einen Kuss auf das Bild zu hauchen und es sich an die Brust zu drücken. Wie sie ihn vermisste!
Sie musste Calidos Steckbrief an die angegebene Adresse mailen, sofort.
Amelie beugte sich zur Regalsäule neben dem Schreibtisch und

zog das Scanner-Fach vor. Leer. Sie suchte auf dem Schreibtisch herum, hob Zettel, Bücher und Rechenblöcke hoch und schichtete sie in der Ecke auf. Eine Tüte mit Leckerli fiel ihr in die Finger. Hastig stopfte sie den Beutel in eine Schublade.

Sie brauchte den Scanner, um das Foto zu übermitteln, ohne ging es nicht. Dann fiel ihr ein, dass der Scanner bei Phil im Zimmer stand.

Sie stand auf und drückte geräuschlos ihre Klinke herunter. Phil schlief nomalerweise tief und fest. Er würde es gar nicht merken, wenn sie das Gerät leise bei ihm herausholte.

Auf Zehenspitzen schlich Amelie über den schmalen Flur in das Zimmer gegenüber. Sie hörte ihren Bruder leise und ruhig atmen. Sie tastete sich durch den Raum und ihre Hände glitten über verschiedene glatte Gegenstände. Plötzlich rollte etwas vor Amelies nackte Füße, das musste der Basketball sein, der im Weg lag.

Phil mit seinen blöden Bällen, dachte Amelie noch, aber da stieß sie auch schon gegen sein überlanges Bett und geriet ins Straucheln. Als sie instinktiv Halt am Regal suchte, riss sie Phils Turniertrophäen aus den Fächern. Scheppernd schlugen die Silberpokale auf dem Fliesenboden auf.

Ihr Bruder schoss in voller Länge hoch.

»Ich bin's nur, Amelie«, wisperte sie schnell.

Licht flammte auf und Phil rieb sich die Augen. Schlaftrunken musterte er Amelie und fuhr sich durch sein kurzes dunkles Haar, das nach allen Seiten abstand.

»Bist du verrückt? Was suchst du hier?«

Mit gedämpfter Stimme berichtete Amelie von den Suchanzeigen im Internet. »Ich brauche den Scanner«, flüsterte sie.

Seufzend schob ihr Bruder sich aus dem Bett. Er hatte nicht nur die Länge seines Vaters, sondern genau wie er blaue Augen mit lustigen grünen Sprenkeln darin. Gähnend schlüpfte Phil in eine Trainingshose, die über dem Drehstuhl hing.
»Warum kannst du dir keinen harmlosen Sport aussuchen? Basketbälle entführt niemand. Okay, ich scanne das Foto ein, in der Zeit kannst du die Pokale wieder einräumen.«
Phil half ihr anschließend noch, den Text für den Steckbrief zusammenzustellen, wobei er sogar an Calidos Narbe am Sprunggelenk und die Chipnummer am Hals dachte.
Als die Mail verschickt war und Phil wieder schlief, fühlte Amelie sich besser. Um alles Weitere zu besprechen, den Ablauf der Suchaktion und die Kosten, musste sie unbedingt die Leute von der Pferdediebstahl-Seite anrufen, deren Hotline-Nummer im Internet angegeben war.
Sie warf einen Blick auf den Stundenplan, der über ihrem Schreibtisch an die Wand gepinnt war. Ausgerechnet heute, am Freitag, kehrte sie vor zwei Uhr nicht zurück. Hoffentlich erreichte sie dann bei der Hotline noch jemanden.
Voller unruhiger Gedanken kroch Amelie zurück ins Bett. Am liebsten hätte sie die Schule geschwänzt, aber sie wusste genau, dass sie ihren Eltern damit nicht kommen konnte. Aber was sollte sie in der Schule? Alles erschien Amelie ungeheuer belanglos angesichts des einen Problems, das alle überschattete: Wie finde ich Calido wieder?

Als Amelie um halb acht zum Bus ging, unausgeschlafen wie am Vortag, schwirrte ihr unaufhörlich das anstehende Telefongespräch mit der Diebstahl-Hotline durch den Kopf. Hoffnung!

Wenn es doch schon zwei Uhr wäre!
Am Bus-Wartehäuschen schlenderten Vanessa und Lilly auf und ab, zwei Mädchen aus ihrer Klasse, die nichts mit Pferden im Sinn hatten. Um ungesehen von hinten an die Haltestelle zu gelangen, schlug Amelie einen Haken, und als endlich der Bus in die Bucht einrollte, stieg sie im letzten Augenblick ein. Vorsichtig versteckte sie sich hinter einer Schar bepackter Handwerker. Regelrecht fies fühlte Amelie sich dabei. Nein, sie gefiel sich selber nicht.
Auch auf dem Schulhof suchte Amelie Deckung. Im Schatten der Mauern drückte sie sich zum Treppenaufgang und im Klassenraum schlich sie, ohne den Kopf zu heben, an ihren Platz. Sie war froh, als der Unterricht begann. Kerstin kam zu spät, beim Hereinschleichen blinzelte sie Amelie zu und schickte ihr gleich darauf heimlich eine SMS, die Amelie ebenso heimlich unter der Bank las.

Alle reiter in unserem stall sind alarmiert wir finden deinen süßen darauf kannst du gift nehmen :-))

Endlich ging die letzte Schulstunde zu Ende. Wie am Tag zuvor sprang Amelie beim ersten Gongschlag auf und verdrückte sich.
Zu Hause lief sie gleich in ihr Zimmer, ohne ihre Mutter zu begrüßen, die schon aus der Apotheke zurück sein musste. Vor Calidos Verschwinden wäre das undenkbar gewesen, doch im Augenblick hatte sie nur die Hotline im Kopf.
Mit einem Griff riss Amelie das Mobilteil von der Basisstation der Telefonanlage. Noch in der Nacht hatte sie die Hotline-Nummer eingegeben, damit es keine Sekunde Verzögerung gab.

Schnell atmend drückte sie die Wiederwahltaste und trommelte auf das Gehäuse.
»Hier Pferde-Hotline. Sie sprechen mit Rea.«
Gott sei Dank, es meldete sich jemand.
»Amelie Eggers hier, ich habe Ihnen heute Nacht einen Steckbrief gemailt.« Überstürzt stieß sie die Worte hervor und merkte, wie dünn und kippelig ihre Stimme klang. »Mein Friese wurde gestohlen, und er … und ich …«
Verzweifelt drehte Amelie die Augen zur Decke. Warum konnte sie nicht sachlich über Calido sprechen? Schon nach zwei Sätzen verhaspelte sie sich, überwältigt von einem Schmerz, der ihr die Kehle zuschnürte. Es half nichts, sie konnte nicht weiterreden, und schon im nächsten Moment begann sie zu weinen.
»Okay, ich weiß schon, wer du bist.« Die Stimme auf der anderen Seite klang beruhigend. »Deine Nachricht habe ich vor mir auf dem Schirm.«
Amelies Knie zitterten, sie ließ sich auf den Boden nieder, mit dem Rücken zum Schreibtisch, während sie sich mit dem Arm die Tränen vom Gesicht wischte. »Sie müssen mich ja für total durchgedreht halten«, schluchzte sie, »weil ich gleich losheule.«
»Ach was. Wein dich ruhig aus«, hörte sie die ruhige Stimme. »Das geht allen Anrufern so. Auch gestandenen Erwachsenen. Wenn der beste Freund verschleppt wird, ist das wirklich ein Grund zum Verrücktwerden.« Eine kurze Pause entstand, dann sagte Rea aufmunternd: »Deine Suchmail geht gleich an eine Menge Leute hinaus, Amelie.«
Bevor Amelie das Gespräch wieder aufnahm, suchte sie ein Taschentuch hervor und putzte sich die Nase. »Danke. Vielen Dank. Ich habe solche Angst, dass Calido … dass er tot ist.«

»Weißt du, Amelie, davor hat jeder Pferdebesitzer die größte Angst. Aber das musst du nicht. Jetzt hör mal gut zu. Bist du in der Lage zuzuhören?«

»Hm, ja.«

»Wenn ich dir sage, dass die meisten der gestohlenen Pferde wieder auftauchen – ist das ein Trost für dich?«

Es dauerte ein paar Sekunden, bis die Nachricht bei Amelie ankam. »Stimmt das wirklich?«

»Ja klar. Wir setzen Himmel und Hölle in Bewegung. Was glaubst du, wie viele Tierfreunde wir gleich übers Internet erreichen? Viele von ihnen werden losziehen und suchen. Von Flensburg bis Garmisch-Partenkirchen. Von Aachen bis Dresden. Und in den Nachbarländern. Allein könnte keiner so ein riesiges Gebiet abgrasen.«

Was hatte Herr Schulte von der Kripo gesagt? Seine Bemerkung schoss Amelie durch den Kopf. »Nicht selten tauchen gestohlene Pferde in Holland und Belgien auf.«

»Auch in Holland und Belgien?«

»Ja, sicher. Gerade in Holland haben wir viele Helfer in den Städten mit großen Pferdemärkten, Utrecht, Leiden und Zwolle. Und in Belgien ebenfalls. Die Helfer schwärmen mit Steckbriefen aus und suchen gezielt nach den gestohlenen Pferden. Aber jetzt erzähl mal, hast du selbst schon etwas unternommen?«

Amelie hob den Blick zur Tischplatte, wo der Stapel Suchzettel lag. »Natürlich. Die Polizei war da und mit meiner Freundin habe ich die Gegend rund um Bonn abgeklappert.« Allmählich festigte sich Amelies Stimme wieder. Das Gespräch mit Rea milderte ihre Angst.

»Gleich verteilen wir überall Mitteilungen, fast zweihundert Stück. Und wir hängen Steckbriefe auf. An Bäumen, in fremden Reitställen und an Weidezäunen.«

»Gut, Amelie. Dann kümmere ich mich auch gleich um deinen Steckbrief und stelle ihn ins Netz.«

Siedend heiß fiel Amelie plötzlich ein, dass sie gar nicht nach den Kosten gefragt hatte. Konnte sie die Arbeit der Hotline überhaupt bezahlen?

»Was kostet das?«, fragte Amelie unsicher. »Ich bin ja erst vierzehn und bekomme nur Taschengeld.«

Bestimmt ließen ihre Eltern sie nicht im Stich. Aber große Beträge konnten auch sie nicht abzweigen, zumal man, wie die Polizei meinte, damit rechnen musste, Calido zurückkaufen zu müssen.

Am anderen Ende der Leitung erklang leises Lachen. »Dafür nehmen wir kein Geld.«

Ungläubig wollte Amelie wissen: »Sie machen diese Hotline ganz für umsonst?«

Erneutes Lachen. »Ist doch schön, wenn man helfen kann. Die Idee entstand, als vor fünf Jahren unsere eigenen Pferde verschwanden. Meine Güte, was waren wir verzweifelt. Danach haben wir die Hotline gegründet.«

»Mann, das finde ich toll«, entfuhr es Amelie.

Rea nannte Amelie noch Adressen von Pferdemärkten, auf denen immer wieder gestohlene Pferde auftauchten. Zum Schluss schlug sie Amelie vor: »Am besten nimmst du Kontakt auf mit Leuten, denen ebenfalls Pferde gestohlen wurden, die Telefonnummern stehen meist unter den Steckbriefen. So kann jeder gleichzeitig nach seinem eigenen Pferd und nach den anderen gestohlenen suchen. Das spart Zeit; es ist ja ein Wettlauf mit der Zeit.«

Kurz nachdem Amelie aufgelegt hatte, griff sie noch einmal zum Hörer. Eine Frage war offen geblieben. Obwohl sie vorhin ständig daran gedacht hatte, waren ihr die Worte nicht über die Lippen gekommen. Ich muss Rea danach fragen, dachte Amelie entschlossen, bevor ich durchdrehe. Aber sie ließ den Hörer wieder fallen. Sie schaffte es nicht. Sie konnte den Satz nicht formulieren, ohne loszuheulen. Ein Segen, dass es Computer gab! Mit bebenden Fingern tippte Amelie die Frage ein, die ihr auf den Nägeln brannte, und schickte die Mail an Rea los.

Schlachter dürfen doch *auf keinen Fall* Pferde ohne Pferdepass annehmen?

Danach blieb sie am Schreibtisch sitzen, die Hände um die Holzplatte geklammert, und starrte auf den Bildschirm, fest entschlossen, den PC nicht abzuschalten, bevor die Antwort kam. Aber zum Glück erschien Reas Nachricht postwendend.

Liebe Amelie,
ich verstehe deine Angst! Aber ich kann dich beruhigen. Kein Mensch stiehlt wertvolle Pferde, um sie dann zum Schlachter zu bringen. Das ist jedenfalls unsere jahrelange Erfahrung. Im Schlachthaus bekommt man zu wenig Geld für die Tiere – diese Erklärung klingt für dich sicher furchtbar, schrecklich, grauenvoll, aber sie stimmt. Jeder Dieb wird versuchen, gestohlene Pferde an Reiter oder Reitschulen oder Händler zu verkaufen. Sei ganz zuversichtlich, dass wir deinen Calido finden.
Liebe Grüße Rea

»Danke«, flüsterte Amelie, obwohl sie niemand hören konnte, und schlang ihre Arme um den Computer, bevor sie aus dem

Zimmer stürmte, in die Küche, wo ihre Mutter dabei war, Pfannkuchen zu backen.

»Mama, ich habe Hunger«, sagte Amelie und versuchte ein zaghaftes Lächeln. Das erste Mal, seit Calido verschwunden war, dachte sie wieder ans Essen. Irgendwie hatte Amelie das Gefühl, dass die Suche jetzt richtig in Gang kam.

6. Kapitel

Die neue Woche begann. Zwischen Amelie und Ira herrschte eine merkwürdige Spannung. Ira benahm sich seltsam, fand Amelie. Statt mit ihr zusammen nach Calido zu suchen, kümmerte sie sich nur noch um einen neuen Weidepartner für Menno. Am Montag nach der Schule hatte Amelie schon wieder eine Jammer-Mail von Ira im Postkasten.

> Bin total fertig mein armer Menno hat überall Bissstellen hoffentlich finde ich bald einen netten Kumpel für ihn hdl Ira

Amelie lachte kurz und bitter auf. Bissstellen! Sie wäre froh, wenn Calido nur Bissstellen hätte. Wie konnte Ira ihr mit solchen lächerlichen Kleinigkeiten kommen? Amelie löschte die Mail ohne zu antworten.
Den Rest des Tages telefonierte sie mit anderen bestohlenen Pferdebesitzern, schickte Mails, tauschte im Internet Gedanken mit Leidensgenossen aus. Mit Rudi und René, mit Andy und Andrea. Die verstanden wenigstens, was Verlassenheit bedeutete. Als neuer Briefpartner kam heute Rick aus Dresden dazu, dessen Mail hinter Iras im Postkasten lag. Seine Pintostute Spotty war nachts von der Weide gestohlen worden und er hatte sie nach drei Monaten zurückbekommen. Er schrieb Amelie noch immer voller Begeisterung.

> Hallo Amelie!
> Sicher willst du auch mal hören, dass dreiste Pferdediebstähle so gut ausgehen können wie bei uns. Seit ein paar Tagen steht Spotty wieder auf ihrer Heimatkoppel, hier bei uns zwischen Dresden und Freiberg. Eine Tierärztin hat Spotty erkannt – nach

dem Steckbrieffoto. Sie hat erkrankte Pferde in einem Westernstall behandelt und dabei meine Stute in einer Nachbarbox entdeckt!!! Spotty fällt aber auch auf mit ihrer ungewöhnlichen Zeichnung. Was für ein Glück, dass die Tierärztin jeden Morgen im Internet nach verschwundenen Pferden guckt. Drück dir ganz doll die Daumen für Calido!

Amelie antwortete gleich.

Hallo Rick, ich freue mich mit! Echt! Leider kann man Friesen viel schwieriger auseinanderhalten, weil sie alle schwarz sind.

Im Handumdrehen kam die Erwiderung.

Stimmt, Amelie. Sei froh, dass Calido gechippt ist. Steck immer dein Lesegerät ein. Und eine Kopie vom Pferdepass und von der Eigentumsurkunde. Damit du sofort an Ort und Stelle beweisen kannst, dass Calido dir gehört, wenn du ihn findest. Kopf hoch!

Ehrensache, dass Rick halb Sachsen mit Calidos Steckbrief zupflastern wollte. Auch Biggi aus Bamberg war für Amelie im Einsatz, wie sie ihr am Montagabend schrieb. Die Pferdebesitzerin verteilte Suchzettel zwischen Würzburg, Bamberg und Bayreuth. Amelie druckte Biggis Mail aus und legte sie griffbereit ans Bett, denn die gute Nachricht von Biggis Fjordpferden Ole und Sonny wollte sie wieder und wieder lesen.

Stell dir vor, Amelie, über 400 Kilometer weit haben sie meine Norweger verschleppt. Bis zum Pferdemarkt nach Hamm in Westfalen. Zum Glück streifen regelmäßig Tierfreunde über den Hammer Markt. Die gucken nach hilfsbedürftigen Tieren und ob sie Pferde von den Steckbriefen finden. Aus purer Hilfsbereitschaft und Tierliebe! Klasse, findest du nicht auch? Drei aufmerksame Mädchen haben Ole und Sonny schließlich entdeckt. Meine Pferde haben sich früher einmal Weidewunden geholt; am Hals sind Narben zurückgeblieben. Die Mädchen haben gezielt

danach geschaut und die beiden erkannt.
Alles Gute für dich!

Calidos Zickzacknarbe – sofort hatte Amelie diese kleine helle Stelle vor Augen. Nie hätte sie gedacht, dass die Verletzung am Sprunggelenk, dieser winzige Schönheitsfehler, einmal so bedeutsam werden könnte.

Wenn ich Calido nicht bald finde, dachte Amelie, fahre ich zu allen Pferdemärkten der Umgebung. Dutzende Male hatte Ira sie früher schon gedrängt, mit ihr diese Verkaufsmärkte zu besuchen, früher, als es ihr darum ging, dort abgemagerte Pferde aufzuspüren und Alarm zu schlagen. Nie hatte Amelie sich dazu überwinden können mitzukommen. Sie hatte gefürchtet, dass es ihr das Herz brechen würde, in die leeren und traurigen Pferdeaugen zu sehen. Doch nun war der Besuch keine Frage mehr . . . Wenn sie vermutlich auch nicht mit Ira fahren würde. Neuerdings vermied es Amelie, ihre Freundin in der Nähe zu haben. Sie ertrug es nicht, dass Ira ihren Menno noch hatte und trotzdem rumjammerte. Gleichzeitig vermisste Amelie sie aber auch schrecklich. Dieser widerliche, dreiste Pferdedieb! Nur seinetwegen bekam die dicke Freundschaft der beiden Mädchen einen Riss. Als ob nicht alles schon schlimm genug wäre . . .

Am späten Montagabend rief Amelie Karla an, eine junge Arzthelferin, die genau wie Amelie in Bonn wohnte. Karlas Pferd war verschwunden und Amelie hatte ihren Steckbrief im Internet gefunden – furchtbar! Ihre Isländer Stute Gjöfi war verschwunden. Und dabei erwartete sie in Kürze ein Fohlen! Im Internet hatte Karla ihre Telefonnummer nicht angegeben, aber über die Pferde-Hotline konnte man mit ihr Kontakt aufnehmen. Als Amelie anrief, schien Karla sich zu freuen.

»Vielleicht können wir nach gemeinsamen Spuren suchen?«, schlug Amelie vor. »Schließlich sind unsere beiden Pferde in Bonn verschwunden!«

Aber die Diebstähle von Gjöfi und Calido schienen nichts miteinander zu tun zu haben. Amelie traute ihren Ohren nicht, als Karla erzählte.

»Von anderen Bestohlenen weiß ich, dass jemand in Norddeutschland einen neuen Reiterhof einrichtet, mit Isländern und Fjordies«, berichtete Karla. »Der kauft aber die Pferde nicht, sondern lässt sie offenbar in ganz Deutschland zusammenstehlen. Ich fürchte, dass Gjöfi dabei ist. Doch sie wird bald ihr Fohlen bekommen. Was passiert nur mit ihr?«

»Aber so einen Mistkerl müsste man doch leicht überführen können«, rief Amelie ungläubig aus. »Hast du denn nicht gleich die Polizei alarmiert?«

»Natürlich. Zwei Mal sind Tierfreunde dem Mann schon auf den Fersen gewesen. Es wurde sogar ein Isländer-Fuchs mit Doppelmähne gesehen, wie Gjöfi sie trägt. Aber jedes Mal, wenn die Polizei eintraf, herrschte auf dem Hof gähnende Leere.«

Bei der Vorstellung, dass die kleine rote Isländerstute ihr Fohlen allein zur Welt bringen musste und kein Tierarzt bei Komplikationen zur Stelle war, krampfte sich Amelies Herz zusammen. Andererseits fühlte sie auch Trost, denn sie war nicht mehr so schrecklich allein in ihrer Verzweiflung.

Karla und die anderen bestohlenen Pferdefreunde verstanden, was sie durchmachte – im Gegensatz zu ihrer Klasse und zu ihren Lehrern. Heute hatte Amelie eine mündliche Probe in Mathe vergeigt, obwohl sie eigentlich auf einer guten Zwei stand und Mathelehrer Decker sie sonst unermüdlich als leuchtendes Beispiel hinstellte.

Irritiert hatte der Studienrat Amelie angesehen, besorgt sogar, als er die Note in sein Buch eintrug. »Glatte Fünf. Ist irgendwas nicht in Ordnung, Amelie?«

Stumm hatte sie den Kopf geschüttelt; ihr Mathelehrer hatte Calidos Verschwinden wohl schon wieder vergessen. Oder, dachte Amelie, er findet den Diebstahl zu unwichtig, kann sich nicht vorstellen, dass seine beste Schülerin deswegen versagt.

7. Kapitel

In Eggers' Haus glühte das Faxgerät. Ständig trafen Steckbriefe von verschwundenen Pferden ein, von Westernpferden, Friesen, Hannoveranern, Mecklenburgern, Holsteinern, Westfalen, Andalusiern, von Haflingern, Fjordpferden, Isländern . . . und Amelie kopierte alle Aufrufe, um sie in Bonn auszuhängen. Ihre neuen Internetfreunde versprachen umgekehrt, Calidos Suchzettel in Reitställe zu bringen, zu Tierärzten und Schmieden. Mittlerweile dehnte sich das Suchgebiet auf ganz Deutschland, Holland, Belgien, Ungarn und Dänemark aus. Schon in der ersten Woche nach Calidos Verschwinden wurden Biggi und Andy und René und Karla für Amelie wichtiger als ihre alten Freunde. Wichtiger als Ira. Obwohl die ihr zweimal am Tag E-Mails schickte, immer mit ähnlichem Inhalt.

> Ich weiß nicht, was ich tun soll! Fühle mich dir und Calido gegenüber wie ein Verräter, weil ich einen neuen Weidekumpel für Menno besorgen will! Aber wenn ich an Menno denke, komme ich mir wie eine miese Ratte vor, wenn ich KEIN Ersatzpferd suche . . .

Meistens antwortete Amelie gar nicht oder nur kurz. Natürlich wusste sie, dass Ira unschuldig an der vertrackten Situation war. Trotzdem nahm sie ihr alles übel. Es war so schreiend ungerecht, dass sie, Amelie, allein leiden musste. Und sie litt, besonders wenn sie zehnmal am Tag Calidos Steckbrief im Internet anklickte und seine Suchseite betrachtete.

Friesenwallach Calido gestohlen – in der Nacht vom 30. auf den 31. Mai von einer Weide im Südwesten Bonns.

Nie würde sie sich daran gewöhnen! Und wenn sie die Seite tausendmal aufrief! Wenn Amelie das Bild ansah, die Fotografie, auf der die prächtige Mähne glänzte, brach ein Schwall von Empfindungen über sie herein. Trauer und Angst vor allem. Aber auch Hoffnung, weil die Suche jetzt in großem Stil voranging.
Bevor sie weiterklickte, kniff Amelie jedes Mal die Augen zusammen und stellte sich unter Calidos Foto rot und riesig das wichtigste Wort ihres Lebens vor: *Wiedergefunden!*
Sehnsüchtig wünschte sie sich, in die Zukunft schauen zu können. Nicht weit. Nicht ins Jahr 3000, nicht mal bis 2020. Nur bis zum Ende dieses Jahres, bis Silvester vielleicht oder Heiligabend. Nur einen Wimpernschlag lang. Nur, um zu sehen, ob an Weihnachten unter Calidos Steckbrief das ersehnte Wort stand: *Wiedergefunden.*

Die Tage waren ein Wechselbad der Gefühle für Amelie. Immer wieder verdrängte zaghafte Hoffnung ihre Furcht, aber jede scheinbare Spur führte ins Leere und die Silberstreifen am Horizont färbten sich wieder grau.
Jede Menge E-Mails trafen ein, oft von Ira.

Komm doch mal mit zur Weide, Amelie. Wie früher.

Amelie antwortete nur in dürren Worten.

Nein, keine Lust.

Was sollte sie auf der Weide? Menno abseits stehen sehen? Traurig und ohne Calido an seiner Seite? Sie war schon selber traurig genug. Und nervös dazu.
Bei jedem Telefonklingeln schreckte Amelie zusammen und ihre Gefühle fuhren Achterbahn. Jedes Läuten weckte Zuversicht

und Angst zugleich. Hatte man Calido gefunden? Oder musste sie fürchten, dass etwas Schlimmes passiert war?
Mit trockener Kehle ging Amelie ans Telefon. Oft meldeten sich aufgeregte Kinder von ihren Handys, die Amelie sofort ins Ohr schrien: »Wir wissen, wo dein Friese ist.«
Doch dann stellte sich schnell heraus, dass die kleinen Detektive übereifrig und voller Tatendrang durch die Gegend fuhren, um nach gestohlenen Pferden zu suchen, und irgendeinen Friesen, den sie entdeckt hatten, für Calido hielten. Meistens kannte Amelie die angeblichen »Calidos« sogar von den jährlichen Friesentreffen und es dauerte nie lange, bis sich die vermeintlichen Diebstähle aufgeklärt hatten.
Eine gute Woche nach Calidos Verschwinden bekam Amelie einen Anruf aus Aachen.
Amelie saß gerade über einer Physikaufgabe. Beim ersten Klingelton schob sie das Buch zur Seite und griff zum Apparat.
»Schlüter-Terjung«, sagte die Frau am anderen Ende. Der Name kam Amelie bekannt vor und irritierte sie. Sie war ausschließlich auf Fahndungsnachrichten von Calido fixiert.
»Meine liebe Amelie«, sagte Frau Schlüter-Terjung und sofort bekam ihre warme, herzliche Stimme für Amelie ein Gesicht. Ganz deutlich erinnerte sie sich jetzt an die liebenswürdige ältere Dame vom Reitklub in Aachen.
»Meine liebe Amelie, wir weihen Mitte September unsere neue Anlage ein. Ich möchte dich und deine Freundin gern für den Festtag buchen. Habt ihr Lust und Zeit?«
Mit heißen Händen umklammerte Amelie das Telefon. Sie bekam kein Wort heraus, so schockiert war sie über die unerwartete Einladung.

»Bei der letzten Adventsfeier«, fuhr die Frauenstimme heiter fort, »waren unsere Reiter ungeheuer beeindruckt von eurer Paarklasse mit den prächtigen Friesen. Du weißt schon, als ihr bei uns in Aachen ein Pas de deux geritten habt. Hallo? Amelie?«

Mit einem Schlag fühlte Amelie sich von der Vergangenheit eingeholt. Verschüttete Erinnerungen. Der erste große Auftritt mit Calido und Menno wurde lebendig, die Paarklasse in Aachen …

Es war wieder Advent, ein eisiger, klarer Wintertag, der Frost biss ihnen ins Gesicht, als Amelie und Ira ihre Friesen vor dem Auftritt draußen abritten. Während in der Halle des Aachener Reitklubs noch eine andere Vorstellung lief, marschierten die Mädchen mit den Pferden den Hof auf und ab. Kinder liefen herbei und rannten neben Calido her.

»Darf ich das Pferd anfassen? Bitte.«

Amelie nickte, klar, sie war unglaublich stolz auf ihren schönen Calli, der jede Streicheleinheit geduldig hinnahm und gelassen grummelte.

Ihre Pferde sahen aber auch schick aus! In den Lockenmähnen wehten rote, weiße, silberne Bänder, der Schweif war eingeflochten und mit glänzendem rotem Satinband umwickelt.

Calido und Menno machte die Kälte nichts aus, sie schnaubten zufrieden und schritten fleißig aus, während Raureif ihre Tasthaare am Maul weiß färbte. Amelie war kalt, sie wusste, dass die Bluse zu dünn war, aber es war nun mal die schönste, die sie hatte. Zähneklappernd saß sie im Sattel und war froh, als endlich das Klingelzeichen für ihren Auftritt ertönte.

Amelie erinnerte sich noch genau, wie warm ihr wurde, warm

vor Stolz, als sie das bewundernde Raunen von der Tribüne mit den zusammengedrängten Zuschauern vernahm.

Seite an Seite ritten sie Zirkel, Schlangenlinien und Volten, legten Tempo zu und trabten versammelt durch die halbe Bahn. Sie teilten sich, und wenn sie sich wieder trafen, ritten sie perfekt Schulter an Schulter. Blieb Menno einmal leicht zurück, nahm Calido automatisch sein eigenes Tempo zurück, noch bevor Amelie die Hilfen dazu gab. Er führte bereits aus, was sie erst dachte. Eine schönere Einheit konnte es nicht geben. Amelie war in Hochstimmung und genoss herzklopfend die Harmonie mit Calido.

Wenn sie im Mitteltrab auf die Tribüne zuritten, mit der typischen hohen Knieaktion der Friesen, hörte sie die Zuschauer flüstern und tuscheln, und jedes Mal lächelte Amelie dann in sich hinein, denn sie wusste, wie majestätisch dieser Trab wirkte.

Nach diesem gelungenen Adventssonntag hatten sie große Pläne geschmiedet, Ira und sie. Aus der Paarklasse musste man doch etwas machen können! Ira bemühte sich um Auftritte bei festlichen Veranstaltungen und schon bald stand der Terminkalender voll. Ein halbes Dutzend Einladungen zu Feierlichkeiten hatten Amelie und Ira in der Tasche und alle wurden sogar bezahlt. Aber für Amelie war das verdiente Geld nur ein Teil der Freude. Am schönsten war das Glücksgefühl, wenn die Zuschauer Calido, *ihren* Calido, voller Bewunderung anstaunten.

Die drängende Telefonstimme brachte Amelie in die Realität zurück.

»Hallo Mädchen, bist du noch da? Sag doch, Amelie, hast du nicht Lust, dir Komplimente über deinen schönen Friesen anzuhören? Calido, so heißt er doch, nicht wahr?«

Mit aller Kraft riss Amelie sich zusammen.

»Calido wurde gestohlen«, flüsterte sie mit tränenerstickter Stimme und warf das Telefon auf die Station. Weinend sank Amelie auf die Schreibtischplatte und barg ihr Gesicht in den Armen. Es war eine Qual, die Wahrheit auszusprechen.

Nach ein paar Minuten wischte sie sich die Tränen ab und griff nach ihrem Terminkalender.

»Reitklub Aachen anrufen«, kritzelte sie quer über die nächstbeste Seite. Später würde sie sich dort melden und alles erklären. Später, wenn Calli wieder bei ihr war.

Den Rest des Nachmittags und den ganzen nächsten Tag mochte Amelie kaum ans Telefon gehen, aus Angst, Frau Schlüter-Terjung würde noch einmal anrufen und sich erkundigen, was genau los war. Doch die meisten Anrufer wollten ohnehin nicht sie sprechen, sondern ihren Vater, und wenn es an der Tür klingelte, standen draußen Freunde von Phil.

Calido blieb wie vom Erdboden verschwunden.

8. Kapitel

Samstagnachmittag, gut zehn Tage nach dem Tag null, tauchte Ira bei Amelie auf. Ohne sie richtig anzuschauen, warf Ira sich auf das ungemachte Bett. Amelie merkte, wie unangenehm der Besuch Ira war. Sie selber wusste auch nicht, was sie sagen sollte.

»Menno leidet wie verrückt«, bemerkte Ira nach einer verlegenen Pause und verschränkte die Arme hinterm Kopf, wobei sie vermied, ihre Freundin anzugucken. »Er steht immer allein und ich finde einfach kein sechstes Pferd für die Koppel. Falls ich bis heute Abend keinen Partner für Menno habe, hole ich ihn in den Stall zurück. Wahrscheinlich morgen schon. Wollte ich dir nur sagen, bevor du es von anderen hörst.«

Jetzt hob Ira doch den Blick und sah Amelie an. »Stall ist natürlich unheimlich blöd im Sommer. Aber was soll ich tun? Die Sache mit dem Diebstahl hat sich längst herumgesprochen. Klar, kein Mensch will sein Pferd auf eine Klaukoppel stellen.«

Sofort wurde Amelie von heftiger Wut ergriffen und schoss patzig zurück: »Machst du *mich* etwa dafür verantwortlich, dass Menno keinen Freund mehr hat? Weil Calido weg ist?«

Vollkommen verdutzt richtete Ira sich auf. »Spinnst du? Ist doch nicht deine Schuld, dass Calido gestohlen wurde.«

Amelie hörte sie kaum. Ja, sie merkte nicht einmal richtig, dass sie anfing, ihre Freundin anzuschreien, so gereizt und außer sich war sie.

»Gib doch zu, du bist sauer auf mich«, brüllte sie Ira ins Gesicht, »weil dein toller Menno plötzlich nicht mehr der Größte ist. Ohne Calido nehmen ihn die anderen Pferde nicht für voll, so sieht es aus.«

Ira wurde knallrot. »Du hast sie doch nicht mehr alle«, fauchte sie zurück und sprang mit wütend funkelnden Augen auf. In zwei Schritten war sie am Ausgang.

Krachend knallte die Tür hinter Ira ins Schloss.

Ernüchtert starrte Amelie auf die vibrierende Tür. Zum ersten Mal, seit sie sich kannten, war Ira im Streit gegangen! Verzweifelt fuhr Amelie sich durchs Haar. Wieso war sie dermaßen aggressiv über ihre Freundin hergefallen? Sie konnte sich selber nicht ausstehen. Neuerdings musste nur ein einziges missverständliches Wort fallen, schon fuhr sie aus der Haut. Nun verdarb sie es sich bereits mit ihrer besten Freundin …

Abends kam dann eine Mail von Ira und Amelie atmete auf. Insgeheim war sie heilfroh, dass sich ihre Freundin nach dem Krach überhaupt noch meldete.

Ich leihe mir morgen einen Pferdehänger vom Grotenhof, um Menno abzuholen. Habe aber kein Auto zum Ziehen. Mama fährt ja den Mini ohne Anhängerkupplung. Würde dein Vater mich wohl zur Weide fahren?

Amelie konnte sich gut vorstellen, wie schwer Ira diese Bitte gefallen war. Ihren Vater musste sie gar nicht fragen, er war bekannt für seine Hilfsbereitschaft.

Macht er. Sonntag früh um neun.

Pünktlich um neun stand Ira am nächsten Morgen vor der Haustür. Amelie öffnete und merkte gleich, dass ihre Freundin – ihre Exfreundin? – noch etwas auf dem Herzen hatte. Und so war es auch.

»Kann ich dir zumuten, Mennos Box frisch einzustreuen, während ich auf der Weide bin?«, fragte sie kleinlaut und ihre Augen huschten unruhig hin und her. »Ich komme gerade vom Grotenhof und wollte alles klarmachen, aber du weißt ja, Herr Grote lagert sein Reitzubehör in unseren leeren Boxen, solange die Pferde auf der Koppel stehen. Er muss gleich los zum Turnier und hat in dem Stress völlig vergessen, alles für Menno herzurichten.«

Ira biss sich auf die Lippen, als sie Amelies entgeisterten Blick spürte.

Was verlangte Ira da? War die noch bei Trost? Sie sollte Mennos Box fertig machen? Das hieß – sie sollte auf den Grotenhof gehen?

Seit Calidos Verschwinden war Amelie nicht ein einziges Mal dort gewesen. Zwar war sie spätabends mehrmals um die weitläufige Anlage geschlichen, doch nie konnte sie sich überwinden, das Gebäude zu betreten. Dabei wäre sie liebend gern durch die Stallgasse geschlendert. Um den unvergleichlichen Stallgeruch zu atmen, den Duft, der in ihrem Gedächtnis haftete wie kein anderer. Um dem vertrauten Schnauben der Pferde zu lauschen und ihrem gleichmäßigen Malmen. Um sich an den Rest des normalen Lebens zu klammern. Aber kurz vor der Dielentür scheute Amelie jedes Mal zurück. Zu sehr ängstigte sie die Aussicht, dass jemand sie ansprach. »Hast du deinen Calido wieder?«, oder auch nur: »Tut mir leid wegen Calido!«

Garantiert würde sie beim ersten Wort in Tränen ausbrechen und alle würden sie mitleidig oder peinlich berührt anstarren. Ein Albtraum.

»Wie sieht es aus?« Ira räusperte sich verlegen. Ihre dunklen Augen waren noch dunkler geworden. Keine Frage, sie schämte sich.
Amelie sah Ira das riesige schlechte Gewissen darüber an, dass sie sie mit Mennos Boxproblemen belästigte. Was sollte sie tun? Alles in Amelie war auf Abwehr geschaltet. Aber durfte sie Ira erneut vor den Kopf stoßen? Die Chancen standen gut, heute kaum jemanden im Stall zu treffen. Sonntagmorgens ritten die meisten Reiter stundenlang aus.
»Mache ich«, sagte Amelie und sie war selber überrascht über ihren Entschluss.
»Danke.« Ira drehte sich um und lief zum Auto, in dem Herr Eggers schon mit laufendem Motor wartete. Amelie holte ihr Rad aus dem Ständer und folgte dem Wagen zum Grotenhof.
Allerdings war ihr Vater lange vor ihr am Reitstall. Als Amelie mit dem Rad ankam, sah sie gerade noch seinen Volvo und die Schlussleuchten von Grotes Pferdehänger. Das Gespann verschwand zwischen den Bäumen Richtung Weide.
Zögernd stieß Amelie die Dielentür auf und betrat, nach rechts und links sichernd, den kühlen Stall. Ihr zweites Zuhause. Merkwürdig, sie hatte das Gefühl, unerlaubt hier einzudringen. Doch kaum stand Amelie jenseits der Schwelle und schnupperte den Duft von Heu und Stroh und warmem Fell, da fühlte sie sich wieder zu Hause. Vorsichtig lugte sie um die Ecke der Stallgasse, wo sie den Innenraum mit einem Blick umfassen konnte.
Nur der vordere Teil war belegt. Sina und Ronda, zwei braune Stuten, standen in den Boxen und dösten. Außer drei Mädchen, die im hinteren Teil Futtertröge schrubbten – Amelie erkannte

sie aus der Entfernung nicht, offenbar waren es Reitschüler – war es still und menschenleer, obwohl Jacken, Schuhe, Rucksäcke und umherstehende Stiefelknechte davon zeugten, dass morgens schon etliche Reiter hier gewesen sein mussten. Sicher machte der halbe Stall einen Ausritt ins Gelände.

Amelie schirmte die Augen mit der Hand ab, als sie tiefer in den Stall ging. Sie fürchtete sich vor ihren eigenen Gefühlen. Hoffentlich sprechen die Mädchen mich nicht auf den Diebstahl an, dachte sie, als sie Mennos Reich ansteuerte und verstohlen zu den kichernden Kindern hinüberschielte, die kaum älter als zehn waren. Sicher waren auch sie Calido-Fans, er war wahnsinnig beliebt im Stall. Amelie dachte daran, wie stolz sie zu Anfang gewesen war, weil ihr schöner Friese sich vor Verehrern nicht retten konnte. Es gab wohl keinen im Stall, der ihn nicht liebte. Aber er gehörte zu ihr. Nur zu ihr – und nichts und niemand würde sie auseinanderbringen. Da konnten noch so viele Kinder vor Calidos Box auftauchen und um seine Zuneigung buhlen. Mit ihr konnte keiner konkurrieren, Calido wusste genau, zu wem er gehörte. Auch wenn er jeden Besucher mit freundlicher Neugier begrüßte und sich sogar von Fremden über die Nase streicheln ließ. Ganz anders als Menno, der nichts als seine Ruhe wollte und jedem Besucher gleich sein breites Hinterteil zuwandte. Kein Wunder, dass Calidos Box ständig von einer Traube junger Fans umlagert war.

Manches Mal hatte es Amelie auch genervt, wenn jemand einfach mit Calido schmuste, aber jetzt erschien ihre Eifersucht ihr plötzlich armselig. Nie wieder würde sie die Augen verdrehen, wenn Kinder sein schwarzes Fell streicheln wollten. Künftig sollte jeder mit ihm schmusen dürfen, ja, sie würde den Kleinen sogar erlauben, Calido zu reiten, und sie würde ihn geduldig im Kreis führen.

Alles würde sie tun, alles, wenn er nur zurückkäme.

Durch die offen stehende Tür musterte Amelie Mennos Unterkunft. Wie zufällig registrierte sie, dass Calidos nebenliegende Box geschlossen war. Sie riss sich zusammen und betrat eilig Mennos Box. An der Wand lehnte ein Ballen Stroh, der Boden war frei geräumt und gewischt. Also hatte es Herr Grote doch noch geschafft, seinen Krimskrams beiseitezuräumen, und sie musste den sauberen Fußboden nur noch frisch einstreuen.

Leise und ohne sich umzusehen, schlich Amelie an den Boxen entlang zum Vorratsraum. Sie zerrte eine schwere Folienpackung gepresster Holzspäne aus der Ecke, ritzte sie oben mit dem Messer an und schleifte den Sack aus der Kammer.

Oje. Die Mädchen hatten sie entdeckt.

Alle drei standen jetzt auf der Stallgasse und sahen direkt zu ihr herüber. Die kleine Rothaarige in der Mitte kannte sie, jetzt fiel Amelie auch ihr Name ein: Lara.

Mit gesenktem Kopf zog sie den Sack hastig zu Mennos Box. Trotzdem bemerkte Amelie aus den Augenwinkeln, wie die Stiefel der Mädchen zaghaft näher kamen, sie hörte sie verlegen tuscheln und dann war es so weit und Lara stellte die gefürchtete Frage: »Hast du Calido wieder?«

Ohne hochzusehen, schüttelte Amelie den Kopf und wandte sich ab. Auf keinen Fall sollten die Kinder ihre Augen feucht schimmern sehen.

»Hast du denn schon eine Spur?« Das rothaarige Mädchen ließ nicht locker. »Sag doch.«

Das war zu viel für Amelie – sie verlor die Beherrschung.

»Nein«, schrie sie und stieß den Foliensack mit einem Fußtritt in die Box. »Stell dir vor, es gibt keine Spur. Calido ist einfach verschwunden. Und jetzt, bitte, geht weg.«
Erschreckt zog Lara sich mit ihren Freundinnen zurück.
Leise weinend, machte Amelie sich über den Sack her, riss die Folie auf und sah ihre Tränen in die hellen Späne tropfen. Schniefend kratzte sie mit der Heugabel die gepresste Streu aus der Packung und verteilte sie auf dem Boden. Sollte sie sich etwa ein Schild umhängen: »Sprecht mich nicht an«?
Mit alter Routine drückte Amelie ihre Knie auf den Strohballen, bis sich die straff gespannten Strohbänder abstreifen ließen und die goldenen Rippen locker auseinanderfielen. Was für schönes Stroh, dachte sie, als sie es aufschüttelte und duftende Halme in Mennos Box verteilte, trocken, griffig, kein bisschen Schimmel. Der letzte Sommer, warm und regenarm, hatte Bauern und Pferdehaltern hervorragendes Stroh beschert.
Amelie hielt inne und rieb sich mit dem Unterarm die Tränen aus dem Gesicht. Wie konnte sie bloß über Einstreu nachdenken? Brauchte sie überhaupt noch jemals Stroh für Calido?
Schon drehten sich ihre Gedanken wieder im Kreis, quälend, wie zahllose Male zuvor. Wo mochte Calido jetzt untergebracht sein? Auf einer entlegenen Weide, wo ihn niemand finden konnte? Vielleicht hinter der Grenze, in Holland? Wartete er in einem engen Verschlag, dunkel und muffig, auf einen Käufer? Eventuell *war* Calido längst verkauft? Womöglich an einen Pferdeschinder? Oder an ein Mädchen, das ihn niemals wieder hergeben wollte? Zumindest ginge es ihm dann gut … nein, nein, nein, nirgends konnte es ihm gut gehen. Wieso kam ihr so

ein Gedanke überhaupt in den Kopf? Calido gehörte zu ihr, nur zu ihr. Sie waren doch eine untrennbare Einheit.
Mit beiden Händen umklammerte Amelie die Heugabel, als könnte der hölzerne Stiel ihr eine Stütze bieten.
Nicht nur ihr geliebter Calido fehlte ihr entsetzlich, ihr ganzer Alltag war aus den Fugen geraten. Die tägliche Routine ging ihr ab, die unzähligen lieben Gewohnheiten. Futtertrog scheuern, Tränke putzen, den Wasservorrat auf der Weide überprüfen. Für andere mochte das zeitraubende Arbeit sein, lästige Notwendigkeit, aber Amelie hatte es jeden Tag genossen, alles für ihren Calido zu tun.
Erschreckt fuhr sie zusammen, als sie plötzlich ihren Namen hörte. In weißem Turnierhemd und weißer Reithose stand Stallbesitzer Grote in der Boxentür. In der Hand trug er einen grauen Schutzoverall, offenbar war er im Aufbruch begriffen.
»Ich dachte schon, du bist plötzlich taub geworden«, sagte er scherzhaft, »weil du gar nicht reagiert hast.«
»Entschuldigung, Herr Grote, ich war in Gedanken . . .«
Er winkte ab. »Verstehe schon. Besten Dank, dass du Mennos Box fertig machst. Ich muss los. Mit deinem Calido, das ist wirklich eine Riesenschweinerei!«
Jetzt fing er auch damit an! Amelie starrte auf den Boden.
»Wenn ich so einen Burschen erwische«, fuhr Herr Grote fort, zog den Reißverschluss des Overalls auf und stieg hinein, »so einen dreisten Pferdedieb, ich schwöre dir, der hat nichts zu lachen.«
Amelie nickte, betrachtete Herrn Grotes breite Hände, die zupacken konnten, und schwieg. Was sollte sie antworten? Ihre Stimme würde doch nur zittern.

Eine Weile druckste Herr Grote herum, während er den grauen Stoff zurechtzog, bis er endlich mit der Sprache herausrückte. »Versteh mich bitte richtig, Amelie, es geht um Calidos Box ... wenn du willst, vermiete ich sie für einige Monate. Ein befreundeter Pferdebesitzer hat mich gefragt ... es wäre nur vorübergehend ... ich meine, es ist ja auch eine Geldfrage, die Kosten laufen für dich weiter, auch wenn dein Pferd nicht da ist.«
Amelie glaubte, nicht richtig zu hören.
»Sie wollen Calidos Box weitergeben?«, flüsterte sie und presste die Finger an den Stiel der Heugabel, bis ihre Knöchel auf dem Handrücken weiß hervortraten. »Er kommt doch zurück. Sie können doch Callis Box nicht belegen.«
»Schon gut«, murmelte Herr Grote und wandte sich hastig ab. »War nur eine Frage. Vergiss es. Tut mir leid.«

9. Kapitel

Kopf hoch«, »Alles wird gut«, »Das Leben geht weiter« – das musste Amelie sich ständig anhören, von Nachbarn, Schulfreundinnen und von erwachsenen Reitern, wenn sie sich mal wieder in den Stall traute. Sicher, sie meinten es alle gut mit ihr.

Aber wie sollte das Leben denn weitergehen? Wie stellten die Leute mit ihren schlauen Sprüchen sich das vor? Nichts war gut. Amelie kam sich vor wie ein gefällter Baum, der gerade noch am Leben war, dessen dünne Wurzelreste sich im Boden festklammerten, der aber im Grunde nutzlos war und im Wege stand. Entwurzelt. So fühlte Amelie sich ohne Calido.

Sie lief herum wie Falschgeld. Ihr guter alter Stall, in dem sie jahrelang zu Hause gewesen war – fremd. Wenn sie die Stallgasse betrat, reagierten die Reiter befangen. Viele wichen ihr sogar aus, wollten nichts hören von Pferdediebstählen und hatten urplötzlich dringend etwas auf dem Hof zu erledigen. Sie war einfach fehl am Platz.

Nur Lara, die kleine Rothaarige, war rührend. Amelie fand einen Brief von ihr im Postkasten: »Liebe Amelie, mir ist letztes Jahr mein Kaninchen weggelaufen und ich war auch sehr traurig. Viele Grüße Lara.«

Mit Ira lief es immer noch nicht wieder. Sie gingen sich aus dem Weg und kamen nur übers Internet zusammen. Dabei war immer Ira die treibende Kraft. Offenbar schämte sie sich, weil Menno nicht gestohlen worden war. Anders konnte Amelie sich Iras gemailte Angebote nicht erklären.

Du kannst jederzeit mit Menno ins Gelände reiten.

Als Amelie darauf nicht reagierte, mailte Ira:

Willst du mal mit Menno grasen gehen?

Widerstrebend nahm Amelie das Angebot einmal an, aber nur deshalb, weil ihre Mutter sie so drängte.

Mit Menno am Führstrick ging Amelie zum Seitenstreifen neben dem Paddock herunter und ließ ihn dort fressen. Iras Friese genoss das Graszupfen an Amelies Seite. Entspannt und gut gelaunt, grummelte Menno vor sich hin, während er Halm für Halm abrupfte. Amelie stand daneben und fühlte, wie sich ihre Kehle zuschnürte. Dieses vertraute Geräusch, das sie früher so geliebt hatte, dieses leise zufriedene Malmen, machte sie fast verrückt. Sie wollte mit ihrem Calido grasen gehen, nicht mit einem anderen Friesen!

Dabei mochte Amelie Menno sehr. Sie fühlte sich ihm sogar verbunden, denn sie hatte den Eindruck, dass er genau wie sie Heimweh nach Calido hatte. Als sie Menno nach dem Grasen zurück in seine Box brachte, stand er minutenlang unbeweglich dort, die Nase an die Gitterwand gedrückt, und starrte mit nach innen gerichteten Augen in Calidos leere Nachbarbox.

Schlimm war das. So schlimm, dass Amelie die Flucht aus dem Stall ergriff. Wie gut sie Menno verstand. Calido fehlte eben an allen Ecken und Enden. Die Ausritte zu zweit, die lustigen Übungsstunden für die Paarklasse, alles fiel auf einen Schlag weg. Auch das gemeinsame Sattelputzen und das Fachsimpeln mit Ira.

Überhaupt Ira! Eine Mischung aus Wut und Eifersucht und Angst vor Verlassenheit überkam Amelie, als sie nach Hause lief. Es war doch nur eine Frage der Zeit, bis Ira sie völlig abschrieb! Was war sie denn noch wert ohne eigenes Pferd?

Jeden Morgen, wenn Amelie das Kalenderblatt vom Vortag abriss und zu den anderen in die Schublade legte, dachte sie: Heute muss es doch besser werden. Heute muss etwas passieren, damit der Schmerz nachlässt.

Aber es wurde nicht besser. Immerzu setzte der Schmerz ihr zu und das Gefühl, verlassen worden zu sein. Beim Essen, beim Anziehen, wenn Amelie vor dem Fernseher saß oder im Kino – wohin ihr Vater sie gelegentlich trieb – und wo sie die Bilder über sich ergehen ließ, ohne den Inhalt zu verfolgen.

Meistens kamen die Attacken frühmorgens. Wie in dieser Nacht, fast drei Wochen nach Calidos Verschwinden.

Es war erst vier, als Amelie nach einem düsteren Traum aufwachte, den sie sofort verdrängte.

Zitternd schob sie die Bettdecke zur Seite und holte tief Luft. Sie musste hinaus aus den engen Wänden. Hastig zog Amelie Jeans und T-Shirt über, alles Kleidungsstücke, die sie gestern Abend wahllos in die Gegend geworfen hatte. Nicht einmal zum Ordnunghalten konnte sie sich mehr aufraffen.

Amelie rannte aus dem Haus, den ganzen Weg bis zum Stall. Sie nahm Abkürzungen durch Garageneinfahrten und über private Hinterhöfe und lief, ohne anzuhalten, bis sie das Dach des Reitstalls sah. Erst jetzt verlangsamte sie das Tempo und ging nach Luft schnappend weiter. Puh, war ihr heiß geworden! Verschwitzt überquerte sie den leeren Hof Richtung Wald. Gleich hinter dem Paddock und dem Unterstand für Traktoren, Strohballen und Silage begann Amelies liebster Reitweg. Zwischen kniehohen Brennnesseln, grünem Farn und blau blühenden Disteln führte er ins Gelände. Wie idyllisch war der Weg ihr früher vorgekommen! Jetzt aber, ohne Calido, erschien Amelie die Strecke abweisend und fast fremd. Weit und breit kein Mensch. Wie auch um diese Zeit? Es war nicht einmal fünf. Früher wäre ihr nicht im Traum eingefallen, am Ende der Nacht allein durch den Hohlweg zu spazieren.

Was kann mir denn noch zustoßen?, dachte Amelie trotzig, während sie vom Hohlweg in den Buchenwald einbog. Das Schlimmste ist doch längst passiert – Calido ist weg.

Morgendämmerung kroch durch die Bäume. Lichte Stellen zwischen den Stämmen gaben den Blick auf helles Blau frei. Gab es einen schöneren Reitweg? Kilometerweit führte er über sanfte Hügel, Bodenwellen und manchen kleinen Hang hinauf und hinunter.

Amelie dachte an den ersten Sommer mit Calido, als sie zögernd anfing, diese Reitwege zu erobern.

Herr Grote hatte Amelie ständig in dieses Gelände geschickt.

»Wenn ich Calido zu viel in der Halle reite, verliert er die Lust«, stellte der Ausbilder fest, der das Pferd in Beritt hatte. »Er kann die korrekte Haltung noch nicht lange halten. Geh mit deinem Friesen viel nach draußen. Calido braucht Muskeln.«

Zu der Zeit durfte Amelie noch nicht allein ins Gelände gehen und sie war heilfroh, als Ira sich anbot: »Wenn du willst, komme ich auf Menno mit.«

Herr Grote schwor auf dieses Hügeltraining.

»Klettern im Gelände bringt ganze Muskelgruppen in Form. Wenn du mit Calido bergauf gehst, fördert das den Schub aus der Hinterhand.«

Menno, ein alter Geländehase, war der perfekte Mutmacher für den unerfahrenen Calido gewesen. Wenn er bei unbekannten Geräuschen witternd stehen blieb, marschierte Menno unbeeindruckt weiter und überzeugte seinen jungen Kumpel nachzukommen.
Diese tolle Unterstützung hatte sie Ira nie vergessen!
Jedenfalls bis vor ein paar Wochen. Amelie seufzte. Dass sie mit Ira jemals derart Stress haben könnte, hätte sie nie gedacht. Seit Calidos Diebstahl schien einfach nichts mehr zwischen ihnen zu passen. Schmerzhaft wurde ihr bewusst, wie einsam sie sich ohne Ira fühlte. Wie sehr ihr die vertrauten Stunden fehlten. Je mehr sie über Ira nachdachte, desto fieser kam Amelie sich vor. Ira war doch wirklich immer ein prima Kumpel gewesen! Und sie? Sie hatte sich scheußlich benommen. Wie konnte sie Ira bloß verübeln, dass man Menno nicht gestohlen hatte?
Einer plötzlichen Eingebung folgend, zog Amelie ihr Handy hervor und schickte eine SMS an Ira. Hastig hackte sie in die Tasten. Die Nachricht musste weg, bevor sie es sich anders überlegte.

Hallo ira war wohl sehr eklig zu dir sorry mich nervt einfach alles bin auf unserem reitweg im wald friends 4ever? kisses to menno

Sie zögerte einen Moment, dann setzte sie dazu:

hdl amelie

Aufatmend steckte sie den Apparat wieder ein und blies sich eine Haarsträhne aus dem Gesicht. Was war sie froh, dass sie sich zu dieser SMS überwunden hatte!
Inzwischen war Amelie an der Galoppstrecke angelangt, wo

gleißendes Licht die gedämpfte Schummrigkeit des Waldes ablöste.
Vor ihren Füßen funkelte der Morgentau auf dem Reitweg in allen Farben des Regenbogens. Amelie bückte sich und strich mit der flachen Hand über die Erde.
Über diesen Weg waren Calidos Hufe geflogen.
Sie spürte die feuchte Erde unter ihren Handflächen und stellte sich vor, wie ihre Berührung sich fortsetzte. Bis ans Ende der Galoppstrecke, weiter über den Sand, der in einen Feldweg mündete, der führte wiederum auf die Bundesstraße und die ging in die Autobahn über, die sich in alle Richtungen verzweigte. Letzten Endes führte der Reitweg überallhin und zum Schluss endete er irgendwo unter Calidos Hufen. Wenn ich diese Erde berühre, dachte Amelie und ein Kribbeln lief ihr über den Rücken, berühre ich praktisch auch seine Hufe.
Calido, ich bin dir ganz nahe.
Als sie nach Hause lief, fühlte sich ihr Kummer auf eine gewisse Art erträglicher an. Jetzt war es vor allem die unklare Sache mit Ira, die ihr im Magen lag. Dauernd drängte sich Iras Bild in ihre Gedanken. Die schwarze Löwenmähne. Das irre, laute Lachen. Wenn doch ihre Freundschaft wieder in Ordnung käme! Was, wenn Ira die Entschuldigung nicht annahm? Und auf stur schaltete? Sie konnte es ihr nicht einmal verübeln …
Wie eine Ewigkeit kam ihr der Heimweg vor, aber endlich, um kurz vor sieben, bog sie auf den Gartenweg zu ihrem Elternhaus ein. Überrascht blieb Amelie stehen. Vor der Haustür hockte jemand, von dem man zuerst nur den Kopf sah, einen Kopf mit wehender schwarzer Löwenmähne. Ira.
Spontane Freude erfasste Amelie. »Du?«

Ira sprang auf. Unschlüssig verharrten die beiden einen Moment voreinander und schwiegen, standen nur so da und musterten sich verlegen. Irgendwie war es peinlich. Aber auch befreiend. Auf einmal verzogen beide gleichzeitig das Gesicht zu einem schiefen Lächeln und wenige Augenblicke später lagen Amelie und Ira sich in den Armen.

»Das fehlte noch, dass dieser Pferdedieb uns auseinanderbringt«, schniefte Ira und zog an Amelies Haaren. »Bin so froh, dass du nicht mehr böse bist. Pass auf, wir packen die Suche nach Calli jetzt gemeinsam an. Und wir finden ihn, das schwöre ich dir.«

10. Kapitel

Ihren fünfzehnten Geburtstag wollte Amelie am liebsten ignorieren. Mit Ira, ja, da würde sie sich treffen, aber sonst mochte sie niemanden sehen. Alle Leute, die sie bereits im Winter eingeladen hatte, lud sie per Rundmail wieder aus.

Hallo ihr alle!
Ich mache nun doch keine Geburtstagsparty auf Bauer Aukrugs Weide. Bin immer noch total down wegen Calido :- (((. Nicht sauer sein, bitte! Love u all.
Amelie

Solange Calido verschwunden war, konnte Amelie einfach nicht feiern. Auch wenn sie jetzt oft im Buchenwald Trost fand, beim Wandern über Calidos Reitwege oder wenn sie neben Ira und Menno joggte, hielt die Erleichterung doch nur kurz an.
Als Amelie am Geburtstagsmorgen aufwachte, am 30. Juni, einem Freitag, hätte sie sich gern eingeschlossen und unsichtbar gemacht. Warum gab es keine Tarnkappen?
Sie blinzelte zum Fenster hinüber, vor dem das dunkelblaue Rollo heruntergezogen war. Trotzdem war es hell in ihrem Zimmer. Draußen schien also die Sonne. Auch das noch. Amelie schloss die Augen gleich wieder. Heute hätte sie lieber Regen gehabt, graues Schmuddelwetter, das hätte ihre Stimmung richtig getroffen.
Nachdem Calidos Steckbrief im Internet erschienen war, hatte sie geglaubt, dass sich auf die Suchmeldung sofort jemand melden würde. Aber inzwischen waren vier Wochen vergangen – vier Wochen, die Amelie wie vier Jahre vorkamen, nein, wie vierzig Jahre – und es hatte sich nichts getan.

Ständig telefonierte oder mailte sie mit Rea von der Hotline, und die tröstete sie, so gut sie konnte. Erst gestern war eine Mail von ihr gekommen.

Es ist normal, dass sich die Suche hinzieht. Einige Pferdebesitzer mussten ein Jahr warten, bis ihr Liebling auftauchte. Verlier nur nicht die Hoffnung. Immer weiterforschen!!!

Auf dem Flur klapperten Schuhsohlen. Natürlich, schon um diese frühe Zeit war die ganze Familie auf den Beinen und huschte zwischen Bad und Küche im Haus hin und her. Mit bleischweren Beinen drehte Amelie sich auf die andere Seite.

Vor ihrer Zimmertür näherten sich flüsternde Stimmen. Amelie zog die Bettdecke über den Kopf. Nein, bitte nicht singen.

»Happy birthday, liebe Amelie …«

Mama, Papa, Phil. Laut und fröhlich sangen sie, betont unbeschwert, als ob nichts geschehen wäre. Dabei war doch die Welt stehen geblieben, an dem Tag, als Calido verschwand.

»Happy birthday to you.«

Nein, sie war nicht happy.

»Ich möchte nicht feiern«, rief Amelie durch die geschlossene Tür. »Bitte.«

Aber Amelies Familie ließ nicht locker. Ihre Mutter steckte den Kopf ins Zimmer. »Wir feiern schön zusammen, wenn wir alle zurück sind. Du Glückspilz hast ja heute frei. Dein Geburtstagskuchen steht vor der Tür. Hol ihn schnell herein, die kleinen Kerzen brennen fix herunter. Bis nachher, Amelie.«

An ihrer Schule fand heute die übliche Lehrerkonferenz vor den Zeugnissen statt. Eigentlich ein Traum, am eigenen Geburtstag frei zu haben. Aber nicht in diesem Jahr.

Amelie horchte auf den Flur hinaus. Die Haustür fiel ins Schloss, einmal, zweimal, dreimal. Papa, Phil, Mama. Nun war auch der Letzte aus dem Haus. Sie stand auf, riss im Vorbeigehen das Kalenderblatt vom 29. Juni ab, das sie zu den anderen in die oberste Schreibtischschublade legte, und tappte barfuß aus dem Zimmer.

Geschmückt mit fünfzehn brennenden Kerzen stand ein Marmorkuchen vor der Tür. Mamas Trick, mich aus dem Bett zu holen, dachte Amelie. Natürlich durchschaute sie die Kerzenmasche – wenn sie nicht vorhatte, das ganze Haus abzufackeln, musste sie zwangsläufig aufstehen und konnte sich nicht den ganzen Vormittag mit trübem Grübeln im Bett verkriechen.

Amelie trug den Kuchen vorsichtig herein und stellte den Glasteller auf ihrem Schreibtisch ab. Sie setzte sich auf die Bettkante, stützte den Kopf in die Hände und blinzelte in die flackernden Flammen.

Fünfzehn Jahre. Was hatte sie sich auf diesen Tag gefreut.

Mit Ira hatte sie tolle Pläne geschmiedet. Seit Weihnachten ging das schon. Dreißig Leute wollten kommen, Pferdeverrückte wie sie. Ein Picknick neben der Weide, auf der kleinen Blumenwiese von Bauer Aukrug, war bis in alle Einzelheiten geplant, und der Landwirt, stets gutmütig, wenn es um Pferde ging, hatte schon seine Zustimmung gegeben.

»Aber dass ihr mir kein Feuer ansteckt, Kinder!«

Als Krönung wollten sie Calido und Menno von der Koppel holen und Fotos machen. Calli in einem Meer von wilden Blumen. Sein schwarzes Fell inmitten weißer Margeriten und blauer Lupinen und dazu das leuchtend blaue Halfter.

Amelie griff zu Calidos Halfter und strich über die silbernen

Buchstaben. Das Einzige, was sie in den letzten Wochen an produktiver Arbeit geleistet hatte, war, die ausgefransten Buchstaben neu aufzusticken. Callis Kopf von Blumen umkränzt. Wie schön wäre das Bild geworden! Sogar einen Platz an der Wand hatte sie sich für das Foto ausgesucht. Direkt ihrem Bett gegenüber, damit sie als Erstes Calidos Gesicht sah, wenn sie aufwachte.
Amelie starrte auf die leere Stelle an ihrer Zimmerwand. In einem plötzlichen Impuls zog sie die Schublade auf, holte den Stapel Kalenderblätter hervor und begann, Blatt für Blatt an die leere Wand zu pinnen, angefangen vom 31. Mai, als Calido verschwand, bis heute. Dreißig Tage. Dreißig Kalenderblätter. Wie viele musste sie wohl noch sammeln, bis sie ihren Schatz wieder hatte?
Amelie trat einen Schritt zurück und betrachtete die Zahlenfront. Wie würde diese Wand am nächsten Geburtstag aussehen? Leer, weil Calido zurück war und weil sie alle Schnipsel weggeworfen hatte? Oder bis zum Fußboden mit Kalenderblättern bepinnt, weil es immer noch keine Spur gab?
Der Dressursattel, der seit einem Jahr auf ihrem Wunschzettel stand, erschien ihr auf einmal wie Hohn. Ihre Wünsche waren kleiner geworden, und sie dachte nur noch: Ich würde sogar auf das Reiten verzichten, wenn ich ihn nur wiederhätte!
Sie wollte den Sattel nicht mehr, aber ihre Eltern fanden das nicht richtig.
Amelie riss den Brief auf, der neben dem Kuchen lag.
»Das Geld für Calidos Sattel legen wir erst einmal auf dein Sparbuch«, hatten Mama und Papa auf die Geburtstagskarte geschrieben. »Schließlich finden wir ihn ja wieder und dann brauchst du den Sattel.«

Den eleganten Dressursattel hatte Amelie genau vor Augen. Bei jeder Gelegenheit war sie in die Lederabteilung des Reitershops gegangen und hatte heimlich, wenn niemand hinguckte, über die schwarze Sitzfläche gestrichen und den Lederduft eingeatmet. Calido liebte den Geruch von Leder genauso wie sie. Jedes Mal beschnupperte er ausgiebig seinen Sattel, bevor Amelie ihn auflegte. Ob er wohl den Unterschied bemerkte, wenn sie mit dem neuen Modell vor ihm stand? Ach, wenn es doch endlich so weit wäre!

Ira wünscht sich nie etwas für sich selbst, dachte Amelie, als sie die Karte zurück in den Umschlag steckte. Ihre Freundin wollte immer nur Spenden für den Tierschutz, für Vereine gegen Tiermissbrauch. Auch mit ihrem Taschengeld unterstützte Ira Kampagnen gegen Schlachtpferde-Transporte. Amelie bewunderte es, wie sie sich für die Hilflosen einsetzte, für die Schwachen. Sie selber hatte eigentlich immer nur Calido im Kopf gehabt, wie sie sich selbst eingestand. Außerdem ertrug sie schon die Fotos von Pferdemärkten mit klapperdürren Tieren nicht. Jetzt aber musste sie sich doch mit den Schattenseiten der Pferdehaltung befassen, auch wenn es Amelie das Herz zusammenkrampfte. So schnell konnte das Leben sich ändern …

Das Handy gongte und kündigte eine SMS an.

> Happy birthday komme heute nachmittag zum eisessen und wir besprechen die fahrt nach hamm big kiss hdl ira

Amelie lächelte. Ein Glück, dass mit Ira wieder alles im Reinen war. So bald wie möglich wollten sie zusammen zum großen Pferdemarkt nach Hamm fahren. Dort waren so manche gestohlenen Pferde wieder aufgetaucht.

Allmählich brannten die Kerzen im Kuchen herunter, die Flammen flackerten bereits unruhig. Wenn sie die Augen schmal machte, sah Amelie nur noch zehn Kerzen …

Sie musste wieder an ihren zehnten Geburtstag denken, den schönsten Tag ihres Lebens mit diesem Zaubermoment, als Calido ihr auf der Friesenweide entgegentrabte und ihr vertrauensvoll seinen Kopf auf die Schulter legte. *Da bist du ja endlich. Auf dich habe ich gewartet.*

An jedem Geburtstag hatte Amelie aus Tradition den Friesenhof von Herrn Rosemann besucht. Aber dieses Jahr würde sie nicht hinfahren, bestimmt nicht. Es wäre ein Albtraum, die schönen Friesen über die Weide tollen zu sehen.

Amelie blies die Kerzen aus und öffnete das Fenster. Warm flutete die Morgensonne herein. Was für ein schöner und doch so trauriger Tag. Wie sollte sie ihn nur überstehen? Wenn er doch erst vorüber wäre! Nur gut, dass sie sich nicht mit Gratulanten abquälen musste, sie hatte ja alle ausgeladen, bis auf Ira.

Am Nachmittag kamen aber doch Gäste.

Dafür hatte ihre Mutter heimlich gesorgt, mithilfe von Ira. Eine Reiterfreundin nach der anderen traf ein, sieben, acht, und es dauerte nicht lange, bis fröhliches Stimmengewirr den Garten erfüllte. Bald waren sie zu zehnt.

Draußen unterm Sonnenschirm waren Gartenstühle aufgestellt. Statt Picknick auf Bauer Aukrugs Wiese gab es belegte Brötchen, Himbeereis und Hamburger mit Grillkartoffeln. Alle aßen mit großem Appetit. Zuerst unterhielten sich die Mädchen über die neueste Mode, aber nach kurzer Zeit schwenkte das Gespräch um, und es gab nur noch ein Thema: Pferde.

Je mehr sich Amelie von Reiterferien, Ausritten und Dressurprüfungen anhören musste, umso wütender wurde sie.

»Ende Juli fahre ich auf einen Lipizzanerhof nach Österreich«, schwärmte Cora, die ihr gegenübersaß. Mit wichtiger Geste zog das füllige Mädchen einen Prospekt aus der Umhängetasche, knallte ihn auf den Tisch und blätterte eine Doppelseite auf. »Zum Training. Hier, guckt mal. Alles ausgebildete Dressurpferde. Sogar Hengste. Ihr werdet vor Neid erblassen, wenn ich zurückkomme.«

Kreischend schlug Amelies Nachbarin Marie sich die Hände vors Gesicht und schrie in gespieltem Entsetzen auf. Irritiert rückte Amelie ein Stück weg und sah Marie schief von der Seite an. Bisher hatte sie Marie nur temperamentvoll gefunden, aber nun ... widerlich, wie sie durch ihr Geschrei die Aufmerksamkeit an sich reißen wollte.

»Hilfe!«, ächzte Marie und fuchtelte mit den Armen in der Luft. »Meldest du etwa auch für das Herbstturnier, Cora? Dann muss ich ja noch hart trainieren, um dich abzuhängen!«

Amelie fühlte sich wie vor den Kopf geschlagen. Am Herbstturnier wollte sie auch teilnehmen, das wussten doch alle hier ... Wie sensibel von ihren Reiterfreundinnen, sie ständig daran zu erinnern, dass sie ohne Calido nur ein halber Mensch war!

Sie war verletzt. Mit zusammengepressten Lippen saß Amelie zwischen ihren Gästen. Plötzlich wurde ihr bewusst, dass sie nie wieder mit Marie und Cora auf Turniere gehen wollte. Zwischen ihnen würde nichts mehr wie früher sein. Amelies Ärger schlug in Traurigkeit um. Nichts hatte mehr Bestand.

Ira bemerkte Amelies Tief sofort und versuchte, sie abzulenken.

»Das Geburtstagskind muss auch essen«, verlangte Ira und hielt Amelie eine liebevoll dekorierte Platte unter die Nase. »Sonst müssen wir ja denken, du hast uns etwas ins Essen gemischt.«

Amelie griff gehorsam zu einem Brötchen. Aber sie behielt es in der Hand, ohne einmal abzubeißen. Sie kriegte keinen Bissen herunter.

Wie eine Verräterin kam sie sich vor. Es war falsch, wenn sie feierte. Sie durfte doch keinen Spaß haben, während Calido irgendwo dahinvegetierte. Vielleicht hungerte er sogar? Die lachenden Gesichter ringsherum waren kaum noch zu ertragen. Amelie musste die Augen schließen, um ihre eigenen Bilder zu haben: Calido, wie er ihr mit wehender Mähne entgegentrabte.

Als die Besucher sich verabschiedeten, fiel Amelie ein Stein vom Herzen. Obwohl es erst zwanzig Uhr war und die Sonne noch schien, stahl sie sich in ihr Zimmer und kroch heimlich ins Bett.

Doch kaum hatte sie sich zurückgezogen, unbemerkt, wie sie glaubte, stand ihr Vater in der Tür und klimperte mit den Autoschlüsseln. »Im Kofferraum stehen zwei Kisten Äpfel. Wir wollen doch mit unserem alten Geburtstagsbrauch nicht brechen, oder?«

Abrupt schoss Amelie hoch. »Was? Bist du verrückt, Papa?«

Herr Eggers setzte sich auf die Bettkante. »Man darf nicht alles aufgeben, Amelie. Rituale sind wichtig, um das Leben wieder in den Griff zu bekommen.«

Amelie protestierte. »Ich kann jetzt keine fremden Friesen sehen. Nein, Papa.«

Doch er redete auf sie ein, zusammen mit ihrer Mutter, und kurz darauf saß Amelie dann auf der Autorückbank neben Phil, den ihr Vater offenbar dazu verdonnert hatte, am Ehrentag seiner Schwester mitzukommen.

Den ganzen Weg sagte Amelie kein Wort, und als sie durch die Baumallee auf den Friesenhof von Herrn Rosemann fuhren, dachte Amelie, sie würde gleich ohnmächtig, so sehr nahm dieser Besuch sie mit.
Hinten im Haus ging die Tür auf. Herr Rosemann trat heraus und hob grüßend die Hand. Amelie schluckte, als er direkt auf sie zuging und sie spontan umarmte. »Was für eine Schande, die Sache mit Calido.«
In Gedanken zählte Amelie bis zehn, um den Kloß in ihrem Hals loszuwerden und um nüchtern zu antworten, aber es klappte nicht. Sie bekam kein Wort heraus. Zum Glück ging ihre Mutter über die Situation hinweg.
»Sind die Pferde draußen?«
Herr Rosemann ließ Amelie los und nickte. »Wir haben ja die Weiden direkt am Haus, da wagen wir es, unsere Pferde nachts draußen zu lassen.«
Amelie machte, dass sie aus dem Dunstkreis der Erwachsenen herauskam, und verständigte sich durch einen Blick mit Phil darüber, die Apfelkisten aus dem Kofferraum zu heben. Wenigstens war sie dann beschäftigt.
Sicher meinten ihre Eltern, diese Stippvisite auf die Weide würde sie aufmuntern, aber da irrten sie sich.
Gemeinsam mit Phil hievte Amelie eine Obstkiste aus dem Kofferraum und stellte sie vor der Stallwand ab.
Tausend Friesen konnten vor ihr aufmarschieren, zehntausend, eine Million – aber keiner würde je an Calido heranreichen.
Plaudernd schlenderte Herr Rosemann mit der ganzen Familie Eggers zur Weide; er öffnete das Gattertor und zeigte seinen Besuchern verschiedene Pferde, auf die er besonders stolz war,

sprach von vielversprechenden Fohlen und großen Mutterstuten.

Wenn er doch nur still wäre, dachte Amelie, während sie mit gesenktem Kopf durchs Gras schlich. In hellen Streifen fiel das letzte Licht durch den Zaun, in den Zweigen zwitscherten Abendvögel und über der Koppel lag der Duft des ersten Heus – aber das nahm Amelie kaum wahr.

Es schien Amelie unmöglich, die herrlichen schwarzen Pferde anzusehen, aber sie konnte es nicht verhindern, manchmal dennoch hochzuschauen – und da stockte Amelie plötzlich der Atem. Vor ihr stand ein Friese, höchstens zehn Meter entfernt. Er hatte eine lange Mähne, die lockig über den Hals herabfiel, ebenmäßiges lackschwarzes Fell, und da war dieser freundliche Blick, als das Pferd kurz seine Nase aus dem Gras nahm und aufblickte, weil es wohl die allgemeine Aufmerksamkeit spürte.

Der Hofbesitzer, der Amelies Blick folgte, nickte lächelnd und zeigte auf das junge Pferd, das interessiert mit spielenden Ohren zu ihnen hinübersah.

»Ja, Amelie, ich sehe dir an, was du denkst. Du kannst nicht glauben, wie ähnlich Jasper und Calido sich sehen.« Er lachte leise. »Jasper ist Calidos kleiner Bruder. Sein Vollbruder. Die beiden haben dieselben Eltern.«

»Echt?«, war alles, was Amelie herausbrachte.

Sie konnte nicht aufhören, das junge Pferd anzustarren. Am liebsten wäre sie zu Jasper hingelaufen, aber sie konnte nicht. Nicht vor all den anderen, die offenbar auf ihre Reaktion gespannt waren. Warum verschwanden sie nicht und ließen sie mit Jasper allein?

Der Friese grummelte leise und reckte sein Kinn hoch. Amelie

hielt die Luft an. Genau wie Calido! Diese Samtaugen. Diese Mähne. Diese Ähnlichkeit in allem.
Und doch – niemals könnte sie Jasper mit Calido verwechseln. Die Art, wie Calido sie ansah, dieser nur für sie reservierte Blick – das ging ihr jedes Mal unter die Haut. Wann immer sie zusammen waren, hielten sie stumme Zwiesprache. Mit keinem anderen Pferd konnte es so sein. Und wenn der schöne Friese dort drüben tausendmal Calidos Bruder war. Dieses unvergleichliche, starke Band inniger Vertrautheit, das verband sie nur mit Calido.
»Mein lieber Mann«, sagte Phil in die Stille. »Der sieht ja wirklich genauso aus wie Calido.«
Schockiert drehte Amelie sich zu ihrem Bruder um. Ihre Stimme war heiser vor Aufregung. »Wie kannst du so etwas sagen?«, schrie sie Phil an und packte ihn am Hemd. »Calido ist einmalig.«
Verdutzt befreite Phil sich von Amelies Zugriff. »Schwesterchen, komm wieder runter. Keiner sagt etwas gegen deinen Calido.«
Während sie noch zitterte vor Aufregung, stieg plötzlich eine ungeheuerliche Vermutung in Amelie auf: Wussten ihre Eltern von Jasper und seiner Ähnlichkeit mit Calido? Wollten sie auf diese Weise vorbauen, falls Calido nicht gefunden wurde? Jasper sozusagen als Ersatz, damit sie ihren Kummer schneller vergaß? Was für eine hirnverbrannte Idee. Nie konnte ein anderes Pferd Calidos Platz einnehmen.
»Ich will nach Hause«, flüsterte Amelie kläglich.
Amelie sah, wie sehr ihr eigener Kummer auch ihren Eltern naheging, und sie taten ihr leid. Andererseits konnte und wollte sie ihnen einfach kein fröhliches Geburtstagskind vorspielen.

Im Auto legte sie sofort ihre Ohrhörer an, damit niemand auf die Idee kam, sie anzusprechen. Doch die Musik war nur vorgeschoben, in Wahrheit bekam sie keinen Ton mit. Ständig musste sie daran denken, wie Jasper auf einmal vor ihr gestanden hatte. So schön er auch war: Nie würde Calidos kleiner Bruder Callis Platz einnehmen. Trotzdem wühlte Jaspers Existenz Amelie sehr auf.

Als sie heimkamen, verabschiedete Amelie sich gleich auf ihr Zimmer. Sie hatte so ein Gefühl, als müsste sie noch einmal ins Internet gehen. Aber es gab keine E-Mails, die Calido betrafen. Amelie klickte sich durch die Steckbriefe der anderen verschwundenen Pferde und blieb plötzlich bei Karlas tragender Isländerstute stecken. Was war das?

Ungläubig streckte Amelie den Kopf vor und ging ganz nahe an den Bildschirm heran, um sicher zu sein, dass sie sich nicht irrte. Ja, sie hatte richtig gelesen. Unter dem Bild der Isländerstute Gjöfi stand eine nagelneue Nachricht. Feuerrot jubelte ihr eine aktuelle Zeile entgegen:

»Wiedergefunden mit neugeborenem Hengstfohlen!«

Vor Überraschung schlug Amelie die Hände vor den Mund.

»Oh, wie schön«, flüsterte sie und stellte sich Karla vor, wie die außer sich war vor Glück. Nicht nur ihre Gjöfi hatte sie wiederbekommen, sondern einen kleinen Pferdejungen dazu.

Wieder war ein vermisstes Pferd gefunden worden.

Warum sollte Calido nicht der nächste Heimkehrer sein?

11. Kapitel

Es war noch nicht einmal halb acht, als Amelie am nächsten Morgen Karlas Nummer wählte. Es dauerte eine halbe Ewigkeit, bis jemand abnahm.

»Du, Karla, ich freue mich wie verrückt mit dir«, sagte Amelie. »Hier ist Amelie von Calido.«

Von der anderen Seite kam keine Antwort, nur Schniefen und Taschentuch-Geraschel.

»Ich kann es noch gar nicht fassen«, schluchzte Karla schließlich unter Tränen, um gleich darauf in glückliches Lachen auszubrechen. »Meine Gefühle fahren Karussell, kannst du dir sicher vorstellen. Ich könnte die ganze Welt umarmen.«

Amelie umklammerte den Hörer. Nur keine Eifersucht aufkommen lassen!

»Verstehe ich.«

Wenn sie selber doch so einen Satz sagen könnte!

»Komm einfach her und sieh dir Gjöfis Fohlen an«, schlug Karla vor und Amelie hörte die überbordende Freude heraus. »Ich brauche jetzt jemanden, der sich mitfreut. Mit dem Bus bist du in einer halben Stunde hier. Dann lerne ich dich endlich persönlich kennen.«

Amelie überlegte kurz.

»Bin aber nicht gut im Straßensuchen«, wandte sie ein.

»Ach was. Der Weg zum Stall ist kinderleicht zu finden. Von der Bushaltestelle gehst du knapp zwanzig Minuten. Immer die Teerstraße lang, hinter der letzten Kuhweide rechts abbiegen. Bis gleich.«

Während Amelies ganze Familie noch im Bett lag, fuhr sie am frühen Samstagmorgen mit dem Bus zu Karla.

Amelie war an diesem Morgen der einzige Mensch, der die schmale asphaltierte Straße hinunterging. Außer einem Holzlager und zwei niedrigen, baufälligen Behelfsheimen, die noch aus dem letzten Krieg stammten, gab es keine Häuser. Über den Wiesen stand milchiger Dunst, der sich zusehends hob.
Schon von Weitem erkannte Amelie den kleinen Pferdehof nach Karlas Beschreibung. Ein zweigeschossiges Gebäude mit weiß gestrichenem Erdgeschoss, von Efeu grün berankt, und ein holzverkleidetes Obergeschoss.
Auf dem Hof standen ein paar Autos. Amelie hielt nach Reitern Ausschau, als sie die sauber gefegte Sandfläche überquerte. Unter einem Vordach an der Seite hantierte eine gertenschlanke junge Frau in Jeans, die Amelie den Rücken zukehrte.
»Guten Morgen«, rief Amelie über den Hof.
Die zierliche Frau drehte sich um und richtete sich auf, einen Armvoll Heu vor dem Bauch. Grüßend hob sie den Kopf.
»Du musst Amelie sein«, rief sie und streckte ihr beim Näherkommen den kleinen Finger aus dem Heuballen entgegen. Ein wenig erstaunt musterte sie Amelie. »Du bist viel jünger, als ich dachte. Übrigens: Ich bin Karla.«
Deinen Namen musst du mir gar nicht nennen, dachte Amelie mit einem Anflug von Neid. Sie hätte Karla unter Dutzenden Reiterinnen erkannt, sie strahlte ja förmlich vor Glück.
»Bin gerade fünfzehn geworden«, sagte Amelie, »und du?«
»Achtundzwanzig«, antwortete Karla, während sie mit dem Ellenbogen die angelehnte Stalltür aufstieß, die ein bisschen zu

klemmen schien. Über dem Rahmen wehte eine angenagelte Girlande aus Tannengrün und Blumen hoch, die ein rot-weißes Schild umkränzte: *Willkommen zu Hause, Gjöfi und Söhnchen.*

Amelie blickte zu dem Willkommensgruß empor, den bestimmt Karlas Reiterfreunde dort angebracht hatten. Ob so ein Schild auch mal am Grotenhof hing? *Willkommen zu Hause, Calido.*

»Du denkst sicher an dein Pferd«, sagte Karla mitfühlend und rieb ihren Arm an Amelies Jacke. »Ach, ich verstehe dich so gut. Aber vielleicht muntern meine beiden dich ja ein wenig auf. Psst … gleich hier vorn stehen sie.«

Hinter rustikalen Balken war ein Laufstall eingerichtet, großzügig und sauber mit Stroh eingestreut. Am Ende der Holzwände stand nur ein einziges Pferd, eine bildschöne kleine Fuchsstute mit üppiger Doppelmähne, die sofort besorgt die Ohren spitzte, als die Tür aufging.

»Gjöfi?«, fragte Amelie leise, und Karla nickte mit strahlendem Lächeln.

»Die anderen Isis sind auf der Sommerweide«, sagte sie mit gedämpfter Stimme und beförderte das Heu sachte über die Absperrung.

»Wo ist denn das Fohlen?«, fragte Amelie.

Wortlos zeigte Karla auf ihre Stute und deutete mit einer Handbewegung an, dass der Kleine sich hinter seiner Mutter verkrochen hatte. Amelie beugte sich zur Seite, und da entdeckte sie ihn. Hellrotes, struppiges Fell lugte unter dem Hals der Stute hervor, ein winziges Fohlen, das plötzlich auf staksigen Beinen um die Mutter herumsprang und sich an ihre Seite schmiegte.

Unwillkürlich griff Amelie nach Karlas Arm. Hier im Stall mit dem zurückgekehrten Pferd fühlte sie sich wieder lebendig.
»Ist der süß! Wie hast du die beiden so plötzlich gefunden?«
Karla zog Amelie auf einen der Strohballen nieder, die sich an der Stallwand stapelten, und erzählte, was geschehen war.
Ein aufmerksamer Bauer im Weserbergland hatte Gjöfi auf seiner Kuhweide entdeckt.
»Abends, als er noch sehr spät Wasser in die Tränkewannen füllte, war ihm aufgefallen, dass seine Kühe ganz untypisch im Kreis standen. Er sagte, die Kühe bilden normalerweise nur bei drohendem Unwetter einen Kreis«, berichtete Karla leise. »Oder wenn eine Kuh auf der Weide kalbt.« Aber dieses Jahr seien schon alle Kälbchen vollzählig gewesen, und darum habe er sich zunächst keine Gedanken gemacht. »Er rechnete einfach mit Regen und Sturm in der Nacht.«
Erst als der Bauer frühmorgens erneut frisches Wasser brachte, hatte er die Isländerstute mit dem neugeborenen Fohlen inmitten der Kuhherde entdeckt.
»Seine Kühe haben Gjöfi ganz selbstverständlich beschützt. Als wäre sie eine von ihnen.« Karla strahlte von einem Ohr zum anderen. »Am liebsten hätte ich jede einzelne Kuh dafür abgeküsst.«
Amelie lachte. »Und wie kam der Bauer darauf, dass es deine Stute ist?«
»Seine Tochter hatte die Idee, sich im Internet die Steckbriefe von gestohlenen Pferden anzusehen. Sie ist selber eine begeisterte Reiterin, musst du wissen.«
Das Fohlen umkreiste seine Mutter, stupste sie an und begann zu trinken.

»Die Tochter hat mich gleich angerufen«, fuhr Karla fort, »als sie die Suchmeldung über meine tragende Isländerstute las.«
»Aber wie ist denn Gjöfi allein auf die Kuhweide gekommen?«
Karla zuckte die Schultern. »Dem Dieb wurde die Sache zu riskant, vermutet die Polizei. Zu heiß. Er muss gemerkt haben, mit welchem Hochdruck ich nach Gjöfi gefahndet habe. Der Dieb wollte die Stute offenbar kurz vor der Geburt dringend loswerden, da hat er sie mit dem Hänger irgendwohin gekarrt und einfach ausgesetzt. An der Kuhweide fand man jedenfalls unbekannte Reifenspuren.«
Amelie stützte ihren Kopf in beide Hände. »Wenn man Calido doch auch irgendwo aussetzen würde . . .«
Auf einmal fühlte Amelie sich in den Arm genommen. »Ich weiß genau, was in dir vorgeht«, sagte Karla mitfühlend. »Das ist so eine kalte Verzweiflung. Bei mir war es so schlimm, dass ich manchmal gedacht habe: Wenn Gjöfi doch gestorben wäre. Dann könnte man wenigstens einen Schlussstrich ziehen. Aber diese ewige Ungewissheit, die macht einen fertig.«
Amelie starrte auf den Boden und nickte. Noch nie hatte sie diesen ungeheuerlichen Gedanken ausgesprochen, aber Karla traf mit ihren schrecklichsten Überlegungen genau ins Schwarze.
»Ich finde mein Pferd auch wieder«, sagte Amelie und ballte die Faust. »Genau wie du. Als Nächstes fahre ich zum Hammer Pferdemarkt. Rea von der Hotline sagte, dort tauchen immer mal gestohlene Pferde auf. Darum will ich mit meiner Freundin hin.«
Karla schien kurz zu überlegen, dann sagte sie: »Wenn du willst, komme ich mit. Der Pferdemarkt ist mittwochs, an meinem freien Tag. Ich war schon etliche Male dort und könnte dir gute Tipps für die Nachforschung geben. Mit Calidos Mikrochip und

deinem Lesegerät bist du natürlich fein heraus. Du kannst ja sofort nachweisen, dass er dir gehört.«

Schlagartig wurde das Fohlen müde, es ließ sich einfach ins Stroh fallen und schlief sofort ein. Karla lächelte selig. Amelie merkte ihr an, wie gern sie ihre Hilfe anbot, aus überschwänglicher und dankbarer Freude über ihre wiedergefundene Isi-Familie.

»Falls du einen Verdacht hast«, sagte Karla, »musst du äußerst vorsichtig sein, um den Händler nicht misstrauisch zu machen. Sonst ist der blitzschnell vom Acker.«

Spontan reichte Amelie ihr die Hand. »Abgemacht.« Sie stand auf und schnippte einige anhaftende Strohhalme von der Hose. »In zehn Tagen fangen unsere Ferien an.«

»Wunderbar. Gleich am ersten freien Mittwoch fahren wir hin.«

Als Amelie zum Bus zurückging, dachte sie an die Kühe, die Karlas Stute so fürsorglich beschützt hatten, und als sie kurz vor der Haltestelle an einer Kuhweide entlangkam, blieb sie ein Stück vom Zaun entfernt stehen. Auf einmal betrachtete Amelie die Kühe mit anderen Augen. Gutmütig stierten die Tiere zu ihr herüber.

Ein schwarzes Kalb trabte näher zum Zaun, als es Amelies Interesse bemerkte. Es war noch jung, ein paar Monate höchstens. Von seinen Ohren standen riesige gelbe Marken ab und es sah Amelie unverwandt aus feucht glänzenden Augen an. Sie konnte gar nicht anders, als zu ihm hinzugehen.

Mit hochgezogenen Beinen stieg Amelie über wuchernde Distelfelder hinweg an den Zaun und sprach mit dem Kalb. Sie kam sich kein bisschen merkwürdig dabei vor. Wie oft hatte sie so mit Calido gesprochen, zärtliche Worte geflüstert, ohne Zusammenhang, und jedes Mal hatte er zugehört und nach einiger Zeit seine Nase an ihrer Schulter gerieben, als hätte er alles verstanden. Leise erzählte Amelie nun dem schwarzen Kalb von Calido und wie sehr sie ihn vermisste.

Das Kälbchen machte drei weitere Schritte auf sie zu. Amelie beugte sich rasch über den Zaun zu ihm hinüber, gestützt auf einen Weidepfahl, damit das Kleine nicht den Elektrodraht berührte und sich einen Stromschlag fing.

»Ohne Calido ist das Leben sinnlos«, sagte Amelie leise. »Wie kann ich weiterleben, wenn ich nicht weiß, was aus ihm geworden ist?«

Das schwarze Kalb stand ganz ruhig und still und sah zu Amelie hoch. Es war nur eine Handbreit entfernt von ihr und stellte seine Plüschohren mit den gelben Marken auf, um Amelie zu lauschen. Über seinen großen Augen bildeten sich Sorgenfalten. Und plötzlich, mitten in ihren Worten, fing es an, ihr über das Gesicht zu lecken, ganz ruhig und selbstverständlich, wie es Kälber untereinander tun, wenn sie sich trösten.

Erschreckt fuhr Amelie zurück. Im ersten Moment wusste sie nicht, wie ihr geschah und wie sie reagieren sollte. Auch das Kalb zuckte bei Amelies abrupter Bewegung zusammen, aber dann fuhr es mit dem Lecken fort, bis durchdringendes Muhen über die Weide gellte. Da drehte das Kalb sich um und trabte zurück zu seiner Mutter.

Amelie musste lächeln. Ihr Gesicht brannte von der rauen Zunge und sie tupfte es behutsam mit dem Ärmel ab. Als sie weiter zur Bushaltestelle ging, lag immer noch ein Lächeln auf Amelies Gesicht. Sie wusste nicht, was eigentlich passiert war, aber nach der Zwiesprache mit dem Kälbchen fühlte sie sich wieder stark und mutig und voller Unternehmungsdrang. Ein Kalb als Trostspender!

»Ich finde dich, Calido«, murmelte sie.

12. Kapitel

Unvermittelt blieb Amelie beim Anblick der endlosen Schlangen von Lastwagen und Pferdetransportern stehen, die rings um die Zentralhallen in Hamm abgestellt waren. »So viele Wagen! Ist das immer so voll, Karla?«
Karla nickte und ging energisch vorwärts, um nicht vom Pulk der Besucher abgedrängt zu werden. Vor allem Eltern mit hüpfenden Kindern strömten zum Eingang. »Jedes Mal, wenn ich hier war, sah es genauso aus.«
Es war der erste Ferientag! Frühmorgens um kurz nach sechs waren sie mit dem Zug von Bonn aufgebrochen, Amelie, Ira und Karla. Bis Hamm hatten sie drei Stunden gebraucht, länger, als Amelie gedacht hatte.
Wie Gummi hatten sich die Tage nach ihrem Besuch bei Karla gezogen. Aber der große Hammer Pferdemarkt fand nur zweimal im Monat statt und sie konnte nur in den Ferien hinfahren. Alles, was sie bis dahin tun konnte, war warten. Nie hatte sie geglaubt, dass ihr Leben sich dermaßen verändern könnte! Nie mehr, dass wusste sie genau, würde sie die alte Amelie sein, die unbeschwert in den Tag lebte. Wie hatte sie es überhaupt fertiggebracht, die ganze Zeit Unrecht und Verbrechen um sich herum zu übersehen? Hätte sie in den letzten Jahren vielleicht anderen Pferden und Reitern helfen können, die in Not geraten waren? So wie sie jetzt? In Zukunft würde sie nicht mehr die Augen verschließen. Ob sie Calido zurückbekam oder nicht: Sie wollte das Schicksal anderer Pferde im Auge behalten.
Amelie streifte den schwarzen Rucksack von der Schulter und

drückte ihn vor dem Bauch an sich. Die Steckbriefe sämtlicher verschwundener Pferde steckten darin, außerdem ihre behüteten Heiligtümer – Calidos Pferdepass und das Lesegerät für seinen Mikrochip. Wenn der Rucksack im Gedränge vor dem Hammer Pferdemarkt gestohlen würde, war die Fahrt umsonst gewesen.

Mit klopfendem Herzen folgte sie Karla über das Freigelände zu den grauen Hallen, und als sie scheu hineinlugte, sah sie drinnen bereits eine endlose Schar von Pferden an langen Anbindestangen stehen.

Es war ihr erster Besuch auf einem Pferdemarkt und Amelie war flau im Magen.

Hinter ihnen herrschte auf den Zufahrten ständige Unruhe. Obwohl die Messe schon geöffnet war, trafen immer noch Aussteller ein. Die Autonummern zeigten, dass sie aus ganz Deutschland kamen, einige auch aus Holland und Belgien.

Ponys wurden ausgeladen, Norweger, Haflinger und unzählige Shettys, ein paar Esel und Maultiere, verstörte Warmblüter, die nervös tänzelten, wuchtige Kaltblüter – und ein Friese. Und auch wenn Amelie gleich erkannte, dass es einer von den niedrigen Typen war, völlig anders als Calido, viel kleiner, pochte ihr bei seinem Anblick das Blut hinter den Schläfen.

»Wir müssen systematisch vorgehen«, schlug Karla vor, »sonst verlieren wir den Überblick.« Sie zeigte auf die langen Strecken mit Anbindestangen und zog Amelie und Ira hinter eine Säule mit aufgehängten Verkaufshalftern. »Lasst uns noch einmal auf die Steckbriefe gucken. Vielleicht entdecken wir ein gestohlenes Pferd. Deinen Calido würdest du bestimmt ganz allein erkennen, was Amelie?«

Gemeinsam beugten sie sich über die Ausdrucke, die Karla durchblätterte. Amelie prägte sich jedes gestohlene Pferd ein. Pintostute und Haflinger-Gespann, Isländer, schweres Warmblut aus Sachsen, Hannoveraner, Mecklenburger, Tinker.

»Sag nie, dass du dein gestohlenes Pferd suchst«, schärfte Karla Amelie zum hundertsten Mal ein. »Erzähl einfach, dass du einen Friesen kaufen willst, dann erfährst du viel mehr. Die meisten Verkäufer hier sind seriös, aber bei dem Gewimmel kann man natürlich leicht ein geklautes Pferd untermogeln.«

Über Wege und Buden hinweg zeigte Karla auf den Parkplatz hinter dem Freigelände. »Gestohlene Pferde stehen manchmal draußen auf den Hängern. Die bringen die Händler gar nicht in die Halle. Frag darum gezielt nach großen Friesen mit üppiger Mähne.«

»Hm.«

Mehr brachte Amelie immer noch nicht heraus. »Ich will einen Friesen kaufen« – nie würde sie den Satz über die Lippen bringen, ohne in Tränen auszubrechen.

Schweigend gingen sie hintereinander an den kurz angebundenen Tieren entlang. Die Reihe nahm kein Ende, es mussten Hunderte sein. Amelie fühlte sich elend und es kam ihr vor, als erlebte sie das alles gar nicht wirklich, sondern sähe einen bedrückenden Film. Noch vor ein paar Wochen hätte sie nicht im Traum daran gedacht, an Kolonnen von Pferden entlangzuschreiten, die jemand loswerden wollte. Wer sein Pferd verkaufte, war für Amelie ein gefühlloses Scheusal.

Einige Tiere reckten die Hälse und guckten sich neugierig um, aber die meisten standen nur da, die Köpfe gesenkt, verängstigt und niedergeschlagen, als hätten sie sich in ihr Schicksal ergeben.

Sie fühlen sich verraten, ging Amelie durch den Kopf, im Stich gelassen. Wie konnte man nur so herzlos sein und das eigene Pferd aus der gewohnten Umgebung reißen und weggeben?
Im Vorübergehen sah Amelie neben manchen Pferden junge Frauen stehen, kalkweiß mit rot geschwollenen Augen. Hatten sie geweint? Verstohlen musterte Amelie die Verkäuferinnen und nahm insgeheim einige Vorurteile zurück. Keine von den Frauen sah aus, als trennte sie sich leichtfertig von ihrem Pferd. Notverkäufe? Welches schwere Los steckte dahinter? Vielleicht waren die Pferdebesitzerinnen arbeitslos? Krank? In Geldnot?
Andere dagegen, Männer und Frauen gleichermaßen, sahen unberührt und geschäftstüchtig aus, solche, bei denen Amelie sicher war, dass sie Pferde nicht Pferde nannten, sondern Gäule oder Vieh. Einige Händler rochen am frühen Morgen schon nach Bier.
Es irritierte Amelie sehr, dass offenbar niemand außer ihr, Ira und Karla mit gemischten Gefühlen hierherkam. Von allen Seiten flogen fröhliche Scherzworte herüber, es wurde gelacht und gealbert, Kinder rissen sich von den Händen ihrer Eltern los und tobten umher. Sie quengelten nach Eis und Crêpes vor den Verkaufswagen, die mit roten und blauen Markisen die Wege säumten.
»Für die meisten ist der Besuch nur ein fröhlicher Familienausflug«, sagte Karla über die Schulter, als sie merkte, dass Amelie total verstummt war. »Die machen sich gar keine Gedanken, welche traurige Geschichte manches Pferd mitbringt, das hier angeboten wird.«
Ira mischte sich ein. »Genau. Oder welches Schicksal die Pferde

noch erwartet.« Sie blieb vor zwei mageren, alten Warmblütern stehen, die tiefe Gruben über den Augen und herausstehende Hüftknochen hatten.

»Die müssten doch längst ihr Gnadenbrot bekommen. Aber garantiert werden sie noch an eine heruntergekommene Reitschule verkauft, wo sie ein paar Monate herumgescheucht werden und Geld verdienen, bis sie zusammenbrechen. Ich bin froh, dass unser Tierschutzklub hinter solchen Fällen her ist. Das ist doch reine Quälerei.«

»Und wenn niemand sie kauft?«, fragte Amelie leise, während sie die dünnen Pferden nicht aus den Augen lassen konnte und auch den Besitzer nicht, einen feisten Mann mit blauer Latzhose, der gleichgültig an der Stange lehnte.

Etwas entfernt hörten sie einen lauten Wortwechsel. Ein Mann, der gebrochen Deutsch sprach, fragte nach Schlachtpferden, wurde sich mit einem Händler schnell einig und verlud geschwind sechs Pferde in einen belgischen Transporter.

Ira und Amelie wechselten entsetzte Blicke. Instinktiv zog Amelie den Kopf zwischen die Schultern, als könnte sie sich dadurch vor der Wirklichkeit schützen. Sie wollte nichts darüber hören, dass Pferde beim Schlachter enden konnten.

Ira legte beruhigend den Arm um sie. »Natürlich hat das nichts mit Calido zu tun. Amelie! So ein schöner Friese wie Calli, was glaubst du, wie viele Liebhaber der findet. Bestimmt geht es ihm gut, ganz sicher landet er bei netten Leuten. Wir müssen ihn einfach nur aufspüren und zurückholen.«

»Ja«, sagte Amelie mit Tränen in der Stimme und riss sich vom Anblick der mageren Pferde los.

Drei Stunden sahen sie sich in den Hallen und auf dem Freigelände um. Sobald ein schwarzes Stück Fell über einen anderen Pferderücken ragte, bekam Amelie feuchte Hände.

Zwölf Friesen wurden angeboten und es war ein Tortur für Amelie, zu jedem einzelnen hinzugehen. Dabei hatte sie sich jeden Abend vorm Einschlafen ausgemalt, wie schnell sie losstürmen würde, wenn einer der Friesen Calido auch nur ähnelte. Aber jetzt, wo es so weit war, fühlte Amelie sich wie gelähmt. Die Uhr ging schon auf eins zu, da entdeckte sie von Weitem zwischen drei schwarzen Pferden einen Friesen, der alle überragte und tatsächlich so aussah wie Calido. Wie angewurzelt blieb sie in zehn Metern Entfernung stehen. Sie griff nach Karlas Arm und fragte entsetzt: »Kann es sein, dass ich mein eigenes Pferd nicht mehr erkenne?«

Aber Karla beruhigte sie. »Auf solchen Märkten wirken Pferde oft ganz anders, als man sie kennt. Die stehen natürlich auch unter Stress. Geh hin, dann hast du garantiert keinen Zweifel mehr.«

Und es stimmte. Sobald Amelie näher an den Friesen herantrat, mit kleinen, nervösen Schritten, wusste sie sofort: Das war nicht Calido. Sie musste gar nicht nach der Zickzacknarbe am Sprunggelenk suchen.

Das Lesegerät blieb die ganze Zeit im Rucksack.

Keinen einzigen Friesen fasste Amelie an, sie strich noch nicht einmal über einen Pferderücken. Wie Verrat wäre das gewesen. Verrat an Calido, weil sie ein fremdes Pferd berührte. Aber ebenso Verrat an dem Verkaufspferd, weil sie den Eindruck erweckte, sie wollte es vielleicht mitnehmen.

Nach vier Stunden hatten sie Calido noch immer nicht entdeckt und auch kein einziges anderes Pferd von den Steckbriefen.

Frustriert wollten sie gerade den Rückweg antreten, als Karla plötzlich ausrief: »Halt, Trixi!«, und auf eine kleine Frau im roten T-Shirt zeigte. »Da drüben, das ist Trixi aus Holland. Die ist wichtig für dich, Amelie. Mir nach.«

Im Laufschritt schlängelte Karla sich zwischen Ständen, Kiosken und Anbindestangen hindurch und folgte dem roten Shirt. Ärgerlich drehte die Frau sich um, als jemand sie am Gürtel festhielt.

»Karla!«, sagte sie dann freudig überrascht und sofort entspannte sich ihr Gesicht.

Trixi war eine energische kleine Frau mit kurzem lockigem Haar und blitzenden grünen Augen, rustikal gekleidet, Shirt und Jeans.

Atemlos fielen sich Karla und Trixi um den Hals, dann räusperten Amelie und Ira sich und nannten ihre Namen. Amelie schätzte Trixi etwas jünger ein als ihre eigene Mutter, vielleicht vierzig.

»Trixi besitzt selber einen Friesen«, erklärte Karla und machte Platz für einen Reiter, der auf einem gescheckten Pferd vorbeigeführt wurde. »Ihr Wallach wurde vor drei Jahren in Holland gestohlen. Trixi hat ihn aber längst zurück. Sie hat mich toll bei der Suchaktion nach meiner Stute unterstützt.«

Man fand Friesen wieder!

Dieser Satz setzte sich in Amelies Kopf fest. Auch sie würde ihren Calido bald zurückhaben, ganz sicher. Amelie wollte keinen anderen Gedanken mehr zulassen.

Aber der Diebstahl ist schon sechs Wochen her, flüsterte eine andere Stimme in ihrem Kopf. *Calido ist längst verkauft und wird nie wieder auftauchen.*

Verzweifelt fuhr Amelie sich übers Gesicht. Warum fiel es so schwer, positiv zu denken? Nur an das Gute zu glauben?
Zum Glück konnte sich diesmal das ewige trübe Kreisen um Calido nicht festsetzen, denn Trixi unterbrach Amelies Gedanken.
»Meinen Lammert habe ich nur dank vieler, vieler Helfer zurückbekommen.« Sie sprach fast akzentfrei Deutsch. »Ohne all die Detektive hätte ich ihn nie gefunden. Ja – und seit Lammert wieder bei mir ist, kümmere ich mich um andere gestohlene Pferde. Aus Dankbarkeit, kann man wohl sagen.«
Karla fiel ihr erneut ins Wort.
»Kümmern ist schwer untertrieben. Trixi ist ein Schatz! Sie ist Lehrerin und opfert ihre gesamten Ferien, um nach gestohlenen Pferden zu fahnden. Alle großen Pferdemärkte besucht sie, vor allem in Holland und Belgien. Nach Hamm kommt sie auch regelmäßig.«
Trixi erkundigte sich nach Calido, sie wusste über den Diebstahl Bescheid, denn sie kannte den Fall aus dem Internet.
»Weißt du, dass ich Calidos Steckbrief schon seit Wochen in Holland verteile?«, fragte sie Amelie. »Auf den Pferdemärkten in Utrecht und Zwolle und Leiden und Herzogenbusch habe ich deinen Friesen unter die Leute gebracht. Hunderte von Kopien verteilt. Sollst mal sehen, den haben wir bald.«
Amelie konnte den selbstlosen Einsatz nicht fassen.
»Und das tun Sie einfach so? Ohne Bezahlung? Nur aus . . . ja, aus Tierliebe?«
Trixi zuckte die Schultern und lachte. »Weißt du, die Freude, wenn ein Pferd durch meine Mithilfe wieder auftaucht, entschädigt für alles.«

Sie begleitete die Bonner noch bis zur Bushaltestelle, Trixi selber war mit dem Auto da.
»Der Pferdedieb bekommt natürlich auch mit, dass Calido überall gesucht wird«, sagte sie zu Amelie, als der Bus heranrollte. »Und er weiß, dass mögliche Käufer gewarnt sind, er muss also auf der Hut sein.«
Zischend wichen die Türen zur Seite und Amelie stieg als Letzte hinter einem lärmenden Haufen Pferdemarktbesucher ein.
»So einen bekannten Friesen kann keiner ohne Weiteres verkaufen«, rief Trixi ihr in den Bus nach. »Zumal dein Pferd gechipt ist. Ich bleibe am Ball.«

13. Kapitel

»Am Strand kämst du auf andere Gedanken, Amelie.«
Sorgfältig legte Frau Eggers zwei Pullover zusammen und sah Amelie aufmunternd an. Sie packte die Pullis in ihre offene Reisetasche, neben der sich gefaltete Badelaken, Bücher und Sonnenmilchflaschen im Wohnzimmer türmten. »Norderney hat dir doch immer so gut gefallen. Willst du wirklich hierbleiben?«
Amelie verdrehte die Augen. »Mama! Was ist, wenn Calido gerade irgendwo aufgespürt wird, während wir auf der Insel sind? Es dauert doch ewig, bis ich wieder zu Hause bin.«
Verständnisvoll nickte ihre Mutter und stopfte Bücher und Socken in die Lücken zwischen ihre Kleidung. Morgen früh ging der Zug und eigentlich sollte Amelie um 6.24 Uhr in der Bahn nach Norddeich sitzen, von wo aus man mit der Fähre nach Norderney übersetzte.
Amelie kauerte sich auf die Sessellehne und sah ihrer Mutter beim Packen zu. Es war unmöglich mitzufahren. Sie musste doch mit Ira nach Calido fahnden.
Sie wunderte sich selber, wie leicht es ihr fiel, diesmal auf die Ferien an der Nordsee zu verzichten. Dabei liebte sie Norderney! Schon die Überfahrt mit der Fähre genoss Amelie jedes Jahr. Und erst ihre behagliche Pension mit der Glasveranda, von der aus man aufs Watt sehen konnte. Und das Meer, Brecher, die heranrollten, Seewind in den Haaren, Ausritte an der Brandung ...
Diesmal eben keine Ausritte.
Letztes Jahr in den Sommerferien, da hatten sie Calido im Pfer-

dehänger mit nach Norderney genommen. Amelie schlang die Arme um ihre Knie und hing ihren Gedanken nach. Was für eine herrliche Zeit war das gewesen!

Sie wurde diesmal nicht traurig, als sie sich die Inseltage mit Calido ins Gedächtnis rief, sondern sie schöpfte sogar Kraft aus den Bildern. Jeden Morgen war sie mit zwei Ferienmädchen ausgeritten, Annegret und Janine, die auch ihre Pferde auf Norderney untergestellt hatten, zwei sportliche Haflinger.

Lange bevor die Strandkörbe belegt wurden, waren sie morgens bis an die Brandung geritten und dann losgeprescht.

Jede Einzelheit sah Amelie vor sich: wie die weiße Gischt Calido um die Nase flog und sich wie Schneeflocken auf seine wehende Mähne niederließ. Die ganze Insel schien zu beben, wenn Calido schnaubend an Tempo zulegte, so kraftvoll waren seine Galoppsprünge. Die Haflinger konnten kaum Anschluss halten.

Amelie musste schmunzeln. Was hatten die beiden Mädchen vorher gefrotzelt: »Deinen Friesen hängen wir doch leicht ab! So ein schweres Pferd. Kann der überhaupt galoppieren?«

Und dann waren es die Hafis gewesen, die zurückblieben …

»Mehr geht nicht rein.«

Frau Eggers presste die übervolle Tasche zusammen und zog den Reißverschluss Stück für Stück zu. »Für Phil ist die Sache mit seiner Bänderzerrung natürlich eine Katastrophe«, sagte sie und schob das Gepäck mit dem Fuß neben die Couch, »aber für dich ein günstiger Zufall. Wir hätten dich nicht allein im Haus gelassen, mit gerade fünfzehn Jahren. Aber nun bleibt Phil ja auch da.«

»Ich muss doch auch mal Glück haben«, sagte Amelie und verzog das Gesicht.

Ursprünglich wollte ihr Bruder zu einem Basketball-Lehrgang, aber er hatte sich vorgestern beim Sport verletzt und war lahmend mit geschwollenem Knöchel heimgekommen. Das bedeutete: keine Turniere, kein Lehrgang. Phil musste seinen Fuß schonen und humpelte gereizt mit einer Stützbandage durchs Haus.

In gewisser Weise genoss Amelie die Zeit, nachdem ihre Eltern abgereist waren. Zwei Wochen konnten Mama und Papa nicht mehr krampfhaft versuchen, sie auf andere Gedanken zu bringen. Sie wurde nicht zu Familienfesten gedrängt, nicht ins Kino geschickt und niemand verlangte von ihr, endlich etwas zu essen. Und seit mit Ira wieder alles ausgebügelt war, fühlte sie sich auch nicht mehr so allein und verlassen.

Eines Abends, ihre Eltern verbrachten mittlerweile die letzten Tage auf Norderney und Amelie saß mit einem Stapel Reiterzeitschriften am Fenster, schreckte der kurze Alarmton ihres Handys sie auf. SMS. Hastig angelte Amelie sich das Gerät und starrte auf das Display.

Eine Kurzmitteilung erhalten

Eine Rundmitteilung von Rea, Pferde-Hotline. Eine Spur von Calido?

Auf der autobahnraststätte ville-ost lkw-parkplatz sollen mehrere hänger mit pferden stehen schwarz und dunkelbraun. werden offenbar nach und nach ausgeladen und abgeholt. an der a 1 bei köln-hürth. kann jemand hinfahren?

Dunkle Pferde! Friesen? *Calido?*

Sofort war Amelie hellwach. Sie hängte sich ans Telefon und

wählte mit bebenden Fingern die Nummer von Rea, die sich nach dem ersten Ton meldete.

»Die Meldung stammt von Lonzo, einem Fernfahrer«, erklärte Rea aufgeregt. »Er besitzt selber Westernpferde und macht mit bei unserer Fahndung. Fährt oft in Belgien und Frankreich. Seine Information hat er über Trucker-Kollegen bekommen, die vorhin auf der Raststätte Ville-Ost standen. Sieht aus, als würden dort heimlich gestohlene Pferde verkauft.«

Aufgeregt wechselte Amelie das Telefon in die andere Hand. Nahm die Entführung jetzt ein Ende? Ein glückliches Ende? »Warum ruft ihr nicht die Polizei?«

Rea lachte kurz auf. »Hat sich in früheren Fällen als sinnlos erwiesen. Wer Pferde bei Nacht und Nebel verkauft, der ist gewitzt. Solche Händler wissen genau, dass die wenigsten Polizisten Ahnung von Pferdepässen haben. Die können den Beamten alles unterjubeln, was entfernt nach Equidenpass aussieht. Nein, da muss einer von uns ran. Kann dein Vater dich fahren? Von Bonn aus seid ihr wohl am nächsten dran.«

Zornig vor Ohnmacht stampfte Amelie auf. Zum ersten Mal gab es eine wichtige Spur, und anstatt ihr beizustehen, machten sich ihre Eltern auf Norderney ein schönes Leben. Nein, sie war ungerecht. Die beiden kümmerten sich weiß Gott genug um die Suche nach Calido, aber trotzdem spürte Amelie richtige Wut. In diesem entscheidenden Moment waren sie nicht zur Stelle. Nicht auszudenken, wenn sie selber auch noch mit ans Meer gefahren wäre …

»Zu blöd. Meine Eltern sind verreist. Ausgerechnet jetzt. Aber warte mal, Rea …«

Amelies Gedanken überschlugen sich. Sie musste hin, koste es,

was es wolle. Aber brauchte sie ihre Eltern überhaupt? Nein. Nur ein Auto und einen Fahrer.
Warum nicht Phil? »Mein Bruder ist achtzehn, der muss mit raus. Meine Mutter hat uns das Auto dagelassen.«
»Super, Amelie. Aber seid vorsichtig. Geht kein Risiko ein. Nimm deinen Pferdepass mit und das Lesegerät. Und dein Handy, damit du doch die Polizei anrufen kannst, wenn nötig.«
»Alles klar. Ich muss los. Oh Rea, wenn ich heute Calido finde … ich bin ganz durcheinander.«
Hektisch steckte Amelie die griffbereit liegenden Utensilien in ihren Rucksack und rannte über den Flur zu ihrem Bruder.
»Phil, Phil!«

Kurz hinter der Autobahnauffahrt bei Bonn fing es an, wie aus Kübeln zu schütten. Obwohl es nur ein kurzer Sommerschauer war, der aufs Autodach prasselte, reichte der Regen, um den Verkehr durcheinanderzubringen. Wie Peitschenhiebe schlugen Regenschnüre gegen die Windschutzscheibe. Phil musste das Tempo drosseln, weil der Scheibenwischer die Flut kaum schaffte, und genau wie Phil bremsten viele Autofahrer ab. Im Nu stockte der Verkehr und innerhalb weniger Minuten baute sich ein Stau auf.
Nervös hämmerte Amelie auf das Armaturenbrett.
»Warum muss es jetzt regnen?«
Phil bückte sich, während er durch die Frontscheibe seinen Vordermann im Auge behielt, und rieb sich den Knöchel. Amelie folgte seiner Handbewegung, sagte aber nichts dazu. Dass ihr Bruder vorhin ohne lange Einwände zum Autoschlüssel gegriffen hatte, rechnete sie ihm hoch an.

»Das Wetter hat auch etwas Gutes«, sagte Phil und richtete sich wieder auf. »Wenn jemand mit gestohlenen Pferden handelt, wird er die bestimmt nicht bei strömendem Regen ausladen. Bei so einem Guss kann doch niemand ein Pferd begutachten.«
Endlich floss der Verkehr wieder, der Stau löste sich auf. Phil kam zügig vorwärts und bog schon bald auf die Raststätte Ville-Ost ein. Mit gedrosseltem Tempo steuerte er auf den Lkw-Parkplatz, wo er den kleinen Wagen unter einer defekten Laterne abstellte, die hektisch flackerte.
Mit einem Satz war Amelie draußen. Sie warf sich den Rucksack über und lief wie ein aufgescheuchtes Reh zwischen den Lkws hin und her. Wie eine lila Dunstglocke lag die feuchte Luft über dem dunklen Platz, und es fielen noch einzelne schwere Tropfen.
Amelie hörte, dass Phil ihr humpelnd folgte, seine Sportstiefel quietschten auf dem nassen Asphalt. Sie fühlte sich total aufgedreht. In wenigen Minuten würde sich alles wenden. Was für eine dramatische Entwicklung! All die schrecklichen Wochen – vergessen und vorüber. Gleich würde sie vor Calido stehen. Amelie war felsenfest überzeugt, ihr Pferd hier und heute zu finden. Sie ließ keinen anderen Gedanken zu.
Selbstverständlich nehme ich Calido gleich mit, dachte sie in Hochstimmung, während sie an einer Kolonne schwedischer Lastzüge entlanglief. Pferdepass und Lesegerät für den Mikrochip hüpften in ihrem Rucksack auf und ab, und das leise, dumpfe Ploppen verlieh ihr ein kribbelndes, beruhigendes Gefühl. Wie würde Calido sie wohl begrüßen?
Keine Sekunde länger würde sie Calido jetzt mehr allein lassen. Ob sie Herrn Grote noch anrufen konnte, damit er den Hänger

brachte? Im Laufen sah Amelie auf die Uhr. Zehn Uhr, da war der Stallbesitzer noch auf. Er musste gerade fertig sein mit dem Heuverteilen. Bestimmt holte er sie sofort ab, wenn sie ihn mit den Worten anrief: »Wir haben Calido gefunden.«

Fünfzig oder sechzig Lastwagen, Sattelzüge, fast zwanzig Meter lang, mit riesigen Zwillingsreifen, standen in Reih und Glied nebeneinander. Mit klopfendem Herzen umkurvte Amelie Zugmaschinen und ausladende Anhänger. In den Pfützen der Rinnsteine schillerten violette Benzinreste.

Unmöglich, sich einen Überblick zu verschaffen. Zwischen den gewaltigen Gespannen konnte jeder Pferdehänger wie Spielzeug versteckt werden.

»Warte doch, Amelie«, rief Phil hinter ihr her. »Mein blöder Knöchel!«

Ihr Atem flog, als sie stehen blieb. Was war das? Hörte sie ein Pferd schnauben? Wiehern? Oder war es der Wind? Ihr eigener Atem? Moment … dort drüben … klang das nicht wie eiliges Hufgetrappel? Woher kam das Geräusch?

Amelie fuhr herum. Ach, nur eine junge Frau, drüben an der Tankstelle, die mit klappernden Holz-Clogs über den Gehsteig rannte. Überall hörte sie Pferde.

Amelie sah sich nach rechts und links um.

»Gibt es denn keinen Menschen auf dem ganzen Lkw-Platz, der uns beim Suchen hilft?«, fragte sie händeringend. »Mann, Phil, allein schaffen wir das nicht. Wir brauchen Unterstützung. Ich frage einfach die Trucker!«

Kurz entschlossen, lief Amelie zu den matt erleuchteten Fahrerhäusern hinüber, rannte von einem zum anderen und trommelte an die Türen. Drinnen hatten sich die Trucker in ihre Kojen

hingehauen. Als Amelie sie aufschreckte, pressten sie ihre müden Gesichter an die Scheiben. Einige stießen gähnend die Türen auf.
»Was ist los, Mädchen?«
»Brauchst du Hilfe?«
Jedenfalls reagierte keiner sauer, als Amelie fragte: »Entschuldigung, haben Sie vorhin Pferdehänger gesehen?«
Zwei Fahrer sprangen sogar vom Bock, Frisco und Harry, muskulöse Kerle in ausgeblichenen T-Shirts und Jeans, selber Westernreiter, wie sie sagten. Pferdehänger hatten sie nicht gesehen, aber Frisco wusste gleich, welche Ecke sich jemand auf diesem Rastplatz aussuchte, wenn er etwas zu verbergen hatte. Gemeinsam mit Amelie liefen sie zum Ende des Parkplatzes, wo neben einem Ständer mit grünen Stahlcontainern einige Abfalltonnen standen. Phil humpelte hinterher. Lautlos huschte ein kleines Tier zwischen den Mülleimern hervor und verschwand in den Sträuchern.
»Wenn jemand etwas Illegales vorhat, dann ist er hier gut abgeschirmt«, sagte Frisco und schob sich einen Streifen Kaugummi zwischen die Zähne. »Also los, jeder sucht in einer anderen Richtung.«
Alle vier schwärmten aus. Mit banger Hoffnung umrundete Amelie die langen Gespanne. Außer ihr schien kein Mensch unterwegs zu sein. Von Lkw-Planen tropfte es schmatzend auf den schwarzen Asphalt. Unheimlich, ganz allein durch die Alleen der hohen Anhänger zu marschieren, fast wie in einem Labyrinth. Im Hintergrund rauschte die Autobahn. Falls jemand ihr auflauerte und sie entführte, würde es niemand merken. Unsinn, sie durfte sich nicht verrückt machen.

Jedes Mal, wenn Amelie eine weitere Zugmaschine erreichte und hoffnungsvoll um die Ecke spähte, schickte sie ein Stoßgebet zum Himmel. *Bitte, lass einen Pferdehänger dahinterstehen.* Doch ihre Bitte wurde nicht erhört. Lkw reihte sich an Lkw. Schließlich traf sie mit Harry zusammen. »Haben Sie etwas gesehen?«

Bedauernd zuckte er die Schultern. »Nein, nichts.«

Amelie stieß einen verzweifelten Seufzer aus. Sie hatte so fest daran geglaubt, heute eine Spur zu entdecken. Mit gesenktem Kopf schlich sie neben Harry zu den Containern, wo gleichzeitig auch Phil und Frisco eintrafen.

»Nicht die winzigste Spur«, sagte Phil und auch Frisco schüttelte den Kopf. Plötzlich begann Amelie zu frösteln.

Das nass getropfte Shirt klebte kalt auf der Haut und innerhalb von Sekunden schlugen ihre Zähne aufeinander. Es war nicht nur die Temperatur, die sie plötzlich frieren ließ, es war auch die grenzenlose Enttäuschung.

Sie war so überzeugt gewesen, Calido zu finden.

Erschöpft machte Amelie zwei Schritte rückwärts und lehnte sich gegen den Stahlcontainer. Die Feststellung, dass alle Pferdehänger sich in Luft aufgelöst hatten, traf sie wie eine kalte Dusche. Sie schloss die Augen. Bloß keinen aus der Runde ansehen müssen. Nicht reden. Nie würde sie erfahren, ob Calido dabei gewesen war. Und wenn – hatte man ihn wieder mitgenommen? Oder bei Nacht und Nebel verkauft?

Amelie merkte kaum, dass Phil seine Jacke auszog und ihr fürsorglich über die Schultern legte.

Teilnahmsvoll legte Frisco seine Hand auf Amelies Arm. Mittlerweile hatte Phil ihm die ganze Geschichte von Calidos Diebstahl erzählt. Harry ließ noch einmal seine starke Taschenlampe aufflammen und der breite Leuchtkegel tanzte über den feucht glänzenden Asphalt.

Plötzlich glaubte Amelie ihren Augen nicht zu trauen …

»Pferdeäpfel.« Amelie schrie es regelrecht über den Parkplatz. »Hier müssen wirklich Pferde gewesen sein.«

Neue Hoffnung glimmte auf.

Jemand hatte die dampfende Hinterlassenschaft nachlässig zwischen die Müllcontainer geschoben.

Eilig leuchtete Harry über die angrenzenden Parkbuchten. Da blitzte im Schein der Lampe etwas hell auf. Phil bückte sich danach und hob langsam ein paar kleine, aufgerissene Folienverpackungen auf und einige dünne Spritzen. In der Pfütze daneben lag ein schmales Messer, ein Skalpell, wie es Chirurgen benutzen. Phil breitete die nassen Fundstücke auf seinen Handflächen aus und zeigte sie in die Runde.

»Meint ihr, das hat etwas mit den Pferden zu tun?«

Frisco warf einen Blick darauf und sagte sofort: »Drogen.«

Amelie zuckte ungläubig die Schultern. »Drogen? Was soll das mit den Pferden zu tun haben?«

Der andere Trucker rieb Daumen und Zeigefinger aneinander. »Geld machen. Vielleicht ging es hier um Rennpferde? Doping bei Galoppern oder Trabern? Rennbahnen gibt es genug in der Umgebung.«

Doch Frisco schien nicht daran zu glauben. »Auf jeden Fall haben die den Abfall nicht bewusst liegen lassen.« Er schüttelte den Kopf. »So, wie das hier aussieht, mussten die überstürzt weg, weil jemand misstrauisch wurde. Oder weil eine Polizeistreife über den Parkplatz fuhr. Das ist meine Meinung.«

Amelie nahm ihren Rucksack von der Schulter und steckte die Sachen ein. Sie konnte sich genauso wenig einen Reim darauf machen wie die anderen, aber eins wusste sie: Morgen in aller Frühe wollte sie ihren Tierarzt, Dr. Koch, fragen, was er von den Verpackungen hielt. Und von dem scharfen Skalpell.
Nach der schweigsamen Heimfahrt schrieb Amelie, als es schon auf Mitternacht ging, eine E-Mail an Ira.

Bin total erledigt. Komme gerade von der Autobahn, wo man Pferde gesichtet hatte. Calido nicht gefunden! Bin fast durchgedreht! Ruf an, damit ich dir Einzelheiten erzählen kann (auch nachts!!!). Einziger Trost: Wir haben neue Verbündete: Frisco und Harry. Zwei Lastwagenfahrer, die wollen Steckbriefe der gestohlenen Pferde verteilen. Fahren oft in der Freizeit Pferdehänger, um Zusatzkohle zu verdienen. Möglich, dass sie dabei eins der geklauten Pferde sehen. Sie sagen, viele Friesen gehen über die Grenze nach Holland. Melde dich!
LG Amelie

14. Kapitel

Am Ende der Nacht, in der sie kaum geschlafen hatte, weil sie eine Stunde mit Ira telefoniert hatte, rief Amelie noch vor dem Duschen in der Tierarztpraxis an. Obwohl die Uhr erst kurz vor sieben zeigte, war Dr. Koch schon unterwegs zu einem Patienten. Zum Glück nannte die Arzthelferin Amelie die Adresse des Hofs, auf dem der Tierarzt im Einsatz war.

Ohne zu frühstücken, verließ Amelie das Haus, die Beweisstücke von der Raststätte im Rucksack, und fuhr zum beschriebenen Bauernhof. Als sie ankam, herrschte auf dem Gelände bereits Hochbetrieb. Traktoren rangierten auf dem Kopfsteinpflaster und luden Mist auf Anhänger. Ein Trecker mit angekoppeltem Wassertankwagen rumpelte an Amelie vorbei zu den Weiden. Im Windschatten dahinter kroch der Mercedes von Dr. Koch die Ausfahrt hoch.

Amelie erkannte den Wagen sofort an den eingebauten Arzneischubladen im Fond.

Der Tierarzt schien Amelie ebenfalls entdeckt zu haben, denn er bremste ab und setzte zurück. Dann ließ er die Scheibe herunter und zeigte auf die Suchzettel, die neben ihm auf dem Beifahrersitz lagen.

»Ich bin aktiv für dich«, sagte er, ein Hüne, der zupacken konnte, wenn es drauf ankam. »Jeder Stall wird von mir mit Calidos Steckbrief versorgt. Wolltest du zu mir? Ich habe kaum Zeit zum Plaudern, eine Kolik wartet.«

»Kann ich Sie nur schnell etwas fragen?« Amelie beugte sich vom Fahrradsattel hinab und reichte ihm Folien, Spritzen und

Skalpell durch das offene Fenster. Erstaunt nahm der Tierarzt die Sachen entgegen.

»Das haben wir gestern auf einem Rastplatz an der Autobahn gefunden«, sagte Amelie schnell und nervös. »Dort wurden heimlich Pferde umgeladen. Ein Fernfahrer meinte, diese Verpackungen sähen nach Dopingspritzen aus. Glauben Sie das auch?«

Dr. Koch drehte die dünnen Nadeln in der Hand hin und her, schüttelte den Kopf, hielt eine Verpackung gegen das Licht, suchte offenbar nach Aufdrucken im Rand und tastete die vorgeformte Folie ab. »Ich schätze … das waren Transponder-Injektate. Steril verpackt. Das hier sind Einwegnadeln, die offenbar ebenfalls aus der Packung stammen. Müsste mich sehr irren, wenn das nicht so wäre.«

In Amelies Kopf begann es, unheilvoll zu kribbeln. Dieses scheußliche Gefühl! Es setzte neuerdings immer dann ein, wenn sie furchtbare Angst ergriff, dass die Suche nach Calido sich noch schwieriger gestaltete. Ihre Stimme war heiser, als sie fragte: »Was ist das, Herr Doktor Koch?«

»Mikrochips – die kennst du doch!«

»Ja. Aber Mikrochips kann doch nur ein Tierarzt einsetzen«, sagte Amelie bange. »Oder nicht?«

Nachdenklich kaute Dr. Koch auf seiner Unterlippe. »Tja, bei Pferden übernehmen meistens Tierärzte das Einsetzen. Bei Nutztieren, also bei Rindern, Schafen, Schweinen, erledigen das die Landwirte oft selber, wenn sie das Chippen gelernt haben.«

Am liebsten hätte Amelie sich auf dem Absatz umgedreht und wäre weggefahren. Aber sie musste das hier durchstehen, wenn sie Calidos Spur verfolgen wollte.

»Die Leute an der Autobahn hatten doch nie im Leben einen Tierarzt dabei. Woher stammen dann ihre Mikrochip-Verpackungen?«

Dr. Koch machte eine bedauernde Handbewegung. »Die Dinger kann man in jeder Viehzubehör-Handlung kaufen, für ein paar Euro. Es ist auch nicht sonderlich schwierig, sie am Pferdehals einzusetzen.«

Der Tierarzt strich sich übers Kinn. »Die problemlose Beschaffung kann natürlich Kriminelle zu krummen Sachen verlocken. In jeder Mikrochip-Packung liegt ja die entsprechende Kennzeichnungsnummer dabei. Als Etikett. Die Nummer könnte man ohne Weiteres in einen gefälschten Pferdepass kleben. Das fällt so schnell keinem auf.«

Dr. Kochs Informationen wirbelten in Amelies Kopf wild durcheinander. Sie wurde nicht richtig schlau aus den Antworten.

»Und was ist mit diesem Operationsmesser, mit dem Skalpell?«

Der Tierarzt prüfte die kurze, scharfe Klinge mit dem Daumen und sagte mehr zu sich als zu Amelie: »Vielleicht hoffte jemand, dass er mit einem kleinen Schnitt den alten Mikrochip herausholen könnte. Um danach einen neuen einzusetzen. Einen mit neuer Nummer.«

Als Amelie leichenblass wurde, setzte Dr. Koch schnell hinzu: »Aber das ist nur Theorie. Vergiss es, Amelie. Zu blöd, dass ich überhaupt davon gesprochen habe.« Beschwörend steckte er seinen Kopf aus dem Fenster. »Man findet den Chip ja gar nicht ohne Weiteres im Halsmuskel. Jedenfalls ertastet man ihn nicht von außen. Um die Lage zu bestimmen, braucht man schon ein Röntgengerät.«

»Aber es ginge schon?«

»Grundsätzlich könnte man es machen, aber mach dir um Himmels willen deswegen keine Sorgen, Amelie. Das Risiko, dass man das Pferd bei so einem Eingriff verletzt und nicht mehr verkaufen kann, ist Dieben doch viel zu groß. Darüber machst du dir jetzt keine Gedanken, hörst du?«

Grundsätzlich könnte man es machen.

Nur dieser eine Satz blieb in Amelies Kopf haften, als sie die Fundsachen zurück in den Rucksack steckte, bevor sie die Hand zum Dank hob und sich stumm abwandte.

Grundsätzlich könnte man es machen.

Alter Mikrochip raus, neuer rein – und schon hat das Pferd eine andere Kennzeichnungsnummer. Dann kann ich nie mehr beweisen, dass Calido mir gehört, dachte Amelie, ohne auf Dr. Koch zu achten, der ihr aufmunternde Worte nachrief.

Wie ferngesteuert fuhr Amelie heim, stellte ihr Rad ab und schloss die Haustür auf. Als sie eintrat, schien es ihr, dass ihr Kummer das ganze Haus erfüllte, so übermächtig war er. Jeder einzelne Muskel schmerzte, als drückte ihr ein Tonnengewicht auf die Schultern. Tiefe Verzweiflung schloss sie ein wie ein Panzer. Alles war ausweglos. Warum musste sie so leiden? Wer konnte das von ihr verlangen?

Warum ich?

Welchen Sinn hatte das Leben ohne Calido?

Amelie legte den Schlüssel auf der Ablage im Flur ab, und als sie beim Abwenden flüchtig in den Wandspiegel sah, erschrak sie vor ihrem eigenen Gesicht.

Wo war die fröhliche, hübsche Amelie geblieben? Was war mit ihren strahlend blauen Augen passiert? Was ihr aus dem Spiegel entgegenblickte, war ein fremdes Gesicht, das schmal ge-

worden war und grau, mit glanzlosen Augen, die tief in den Höhlen lagen, umschattet von dunklen Ringen. Ein zerbrechliches, dünnes Wesen. Das war doch nicht sie!
So sieht jemand aus, dachte Amelie, der eine schwere Last zu tragen hat und nicht weiß, wann ihm die Bürde abgenommen wird.
Sie schlich über den Flur zu ihrem Zimmer, um Phil nicht aufzuwecken, der nach dem nächtlichen Einsatz noch schlief.
Leise drückte sie die Klinke herunter. Beim Öffnen der Tür wurden die angepinnten Kalenderblätter von der Wand hochgewirbelt. Zum ersten Mal fiel Amelie die enorme Menge richtig auf. Fast sechzig Blätter hingen nebeneinander und die Ecken wehten sachte im Luftzug.
Sechzig Tage ohne Calido.
Ein jäher Anflug von Zorn erfasste Amelie. Im nächsten Moment riss sie mit beiden Händen sämtliche Kalenderblätter von der Wand und trampelte weinend darauf herum.

15. Kapitel

Der niedrige Gang, der sich in die unheimliche Höhle hineinwand, verengte sich zunehmend, je tiefer Amelie in die Erde vordrang. Nun musste sie auf alle viere hinunter, um weiterzukommen. Ihre Knie scheuerten über scharfkantige Steine, die sie nicht sehen konnte. Es war so düster! Aber sie durfte nicht aufgeben. Da, jetzt hörte sie es wieder! Calidos Stimme! In Todesangst gellte sein verzweifeltes Wiehern aus dem finsteren Verlies. Amelie wurde schlecht. Sie musste sich beeilen, um ihn zu befreien. Gleich war sie bei ihm. Die Luft wurde dünner, immer dünner. Kaum möglich zu atmen. Halb erstickt robbte Amelie vorwärts.

»Calido, ich komme!«, wollte sie rufen, aber sie bekam keinen Ton heraus. Amelies Ellenbogen stießen gegen raue Felswände. Die Höhle wurde immer enger ... ihre Arme taten lausig weh ...

Verwirrt rappelte Amelie sich vom Fußboden auf. Warum lag sie neben ihrem Bett?

Mit schmerzverzerrtem Gesicht rieb sie den geprellten Ellenbogen und versuchte, sich in ihrem dunklen Zimmer und in der Wirklichkeit zurechtzufinden. Ein furchtbarer Traum! Dabei war sie wohl aus dem Bett gerutscht.

Amelie richtete sich auf und versuchte, den Schreck aus den Knochen zu schütteln. Sie tastete sich zum Fenster und riss es weit auf, um die Gespenster der Nacht zu vertreiben. In der aufziehenden Morgendämmerung erkannte sie die Umrisse von Birken und Buchen. Am besten blieb sie gleich auf, sie wollte ohnehin bald los. Leise zog Amelie sich an.

Es war Mitte August und in einer Woche begann die Schule wieder. Die letzte Ferienwoche musste Amelie allein nach Calido forschen, denn Ira war mit Menno und ihrem Vater verreist.
Amelie lehnte sich ans Bett und zog die Joggingschuhe an. Wenn sie sich vorstellte, dass sie in einer Woche wieder im Klassenraum sitzen sollte ... Wie sehr hatte sie gehofft, Calido bis zum Ende der Ferien zu finden, doch es gab keine Spur.
Für die letzten acht Ferientage hatte sie sich vorgenommen, in aller Herrgottsfrühe sämtliche erreichbaren Weiden abzuklappern. Ab heute wollte sie jeden Tag kurz nach fünf mit dem Rad losfahren. Ihre Eltern waren nicht begeistert, aber Amelies Einwand hatte sie schließlich überzeugt: »Falls der Dieb Calido nachts heimlich auf eine fremde Weide stellt, muss er ihn früh herunterholen, um nicht aufzufallen.«
Bei Sonnenaufgang verließ Amelie das Haus – und geriet schon eine Stunde später in eine ungemütliche Situation.
Sie hatte eine ausgedehnte Koppel nach Calido abgesucht, ergebnislos, als ein Bauer seinen Traktor mit Wassertankwagen vor dem Eingangstor anhielt. Als Amelie gerade zwischen Farnkraut und Brennnesseln unter dem Zaun hervorkroch, entdeckte der Bauer sie, sprang von seinem Sitz und packte Amelie am Rucksackriemen.
»Bleib sofort stehen.«
Mit schlotternden Knien versuchte Amelie, sich aus dem Griff zu befreien. Doch der Mann, stämmig, in grüner Latzhose, lockerte seine Hand nicht. Stotternd stieß Amelie hervor: »Ich suche nur nach meinem gestohlenen Friesen.«
»Ach nee – wolltest du nicht vielleicht gerade selber ein Pferd stehlen? Du kannst mir viel erzählen.«

Der Bauer schob Amelie durch das Weidezauntor und zog sie am Arm neben sich her über die weitläufige Koppel. »Du bleibst hier, bis ich mir alle Pferde angesehen habe.«

Benommen stolperte Amelie vorwärts. Die Pferde unterbrachen das Grasen und hoben ihre Köpfe. Schon wieder Unruhe?

»Cindy, Baron, Lady, Ricco, Harry.« Leise murmelte der Bauer die Namen vor sich hin, sobald er ein Pferd erkannte. »Charlie, Sion, Noel ... da drüben Rigolo, Harrison, Max, Merlin ... alle da.«

Argwöhnisch musterte er Amelie von Kopf bis Fuß, ließ ihren Arm los und stiefelte mit großen Schritten zurück zum Gatter. Amelie hatte Mühe, ihm die letzten Meter über den abgegrasten Abschnitt voller Kaninchenlöcher zu folgen.

Sie war total durcheinander. Sie, die Bestohlene, stand unversehens selber unter Verdacht.

»Im Juli stand im Landwirtschaftsblatt ein Bericht über Pferdediebstähle«, sagte Amelie zögernd. »Auch über meinen gestohlenen Friesen Calido. Haben Sie das zufällig gelesen? Warten Sie, ich habe Papiere dabei.«

Hastig streifte sie den Rucksack ab und kramte darin. Mit gerunzelter Stirn stand der Bauer vor Amelie und griff nach dem Pferdepass, den sie ihm reichte, und nach ihrem Ausweis.

Er überflog die Eintragungen und es sah so aus, als fiele endlich der Groschen. Nickend gab er Amelie die Papiere zurück.

»Der Friese ... ja, ich erinnere mich an die Meldung. Schönes Pferd. Und der gehört dir? Das konnte ich ja nicht ahnen.«

Er klappte den Überwurfriegel des Zauntors zurück und ließ Amelie mit einer Handbewegung den Vortritt. »Wenn jemand morgens um halb sechs auf einer fremden Weide herumschleicht, macht er sich natürlich verdächtig«, brummte er. »Nichts für ungut. Hast du mittlerweile eine Spur von deinem Friesen gefunden?«

Amelie senkte den Kopf.

»Nichts«, flüsterte sie, »darum suche ich ja immer weiter.«

Der Landwirt drehte ihr halb den Rücken zu und machte sich am Wassertank zu schaffen.

»Leider gibt es immer mehr Pferdediebstähle in dieser Gegend«, brummte er. Er hob den gelben Schlauch aus der Halterung, führte ihn routiniert durch die Zaunstangen und spülte die Tränkewanne mit einem harten Strahl aus, bevor er frisches Trinkwasser einfüllte. Über die Schulter redete er weiter.

»Kein Wunder, die Diebe sind mit dem Hänger ruck, zuck über die Grenze. Musst deine Suche dringend auf die Nachbarländer ausdehnen, Mädchen. Kann mir kaum denken, dass dein Pferd nach dieser Zeit noch in Deutschland ist. Hast du eigentlich auch Holland und Belgien im Hinterkopf?«

»Ja, natürlich«, sagte Amelie und dachte an Trixi.

Als hätte der Bauer einen sechsten Sinn gehabt!

Bereits am nächsten Tag, einem Donnerstag, geschah etwas Einschneidendes. Amelie wollte mittags gerade das Haus verlassen, als das Telefon ging. Obwohl der Schlüssel bereits im Schloss steckte, rannte sie in ihr Zimmer zurück. Sie hatte so eine Ahnung …

Ein unbekannter Mann meldete sich.

»Harold Berent. Ich rufe aus der Nähe von Amsterdam an. Aus Holland.«

Amelie bekam eine Gänsehaut bei dem Wort »Holland«.

»Wissen Sie etwas über Calido?«, stieß sie hervor. Sie wusste sofort, dass es um ihn gehen musste. Mein Gott, wenn er ihn gefunden hatte! Jede Faser an ihr zitterte plötzlich.
»Calido ist dein Friese, nicht wahr?«
»Ja, ja! Haben Sie ihn gesehen? Sagen Sie doch. Woher kennen Sie ihn überhaupt? Vom Steckbrief?«
»Genau. Ich bin Pferdehändler, gucke im Internet regelmäßig nach gestohlenen Pferden. Möglich, dass ich deinen Friesen kürzlich auf dem Hof hatte.«
Amelie ließ sich auf den Drehstuhl fallen. »Was sagen Sie?«
Ihre Ohren rauschten, als hätte sie Wasser hineinbekommen. Sie legte den Kopf schief und schüttelte ihn kräftig, aber das Brausen blieb bestehen.
»Hör zu. Vor einigen Tagen sind bei mir spätabends zwei Unbekannte mit Auto und Pferdehänger erschienen. War schon dunkel. Wie aus heiterem Himmel stand das Paar auf der Anlage. Die hatten sich nicht angemeldet.«
Zum Glück sprach Harold Berent hervorragend Deutsch. »Sie hellblond und aufgetakelt, er unscheinbar. Im Hänger standen zwei Friesen, aber sie besaßen keine Papiere dafür.«
Amelie holte Luft, ihr Atem zitterte. Eine heiße Spur? Wenn doch bloß das Rauschen aufhörte! Sie rieb ihr linkes Ohr. Ruhig bleiben.
»Wieso glauben Sie, dass einer von den beiden Calido war?«
»Weil er auf der Diebstahlsliste im Internet der letzte gestohlene Friese ist. Da ist es am wahrscheinlichsten, dass er noch nicht verkauft ist. Außerdem kam dieses Pärchen aus Deutschland.«
Aus Deutschland? Die Geschichte wurde immer brisanter!

»Das Gespräch hat der Mann geführt, fahrig und nervös. Er gab vor, einen Reiterhof hinter der Grenze zu besitzen, aber das glaube ich niemals«, sagte Berent wegwerfend. »Der machte nicht den Eindruck, als hätte er viel Ahnung von Tieren. Angeblich hatte er die Pferdepässe zu Hause vergessen. Er wollte die Friesen abladen und in meinen Stall stellen. Die Pferdepässe sollte seine Frau am nächsten Tag abliefern, aber das Geld wollte er sofort mitnehmen.«

Darauf habe er sich jedoch nicht eingelassen. »Ich arbeite seriös, von zweifelhaften Geschäften lasse ich die Finger. Ohne Pferdepass läuft bei mir nichts.«

Vor Aufregung rang Amelie um Luft.

»Woher kamen die Leute?«, flüsterte sie. »Aus welcher Stadt?«

Als Antwort kam ein unwilliges Brummen. »Wenn ich das wüsste. Die beiden hatten es auf einmal furchtbar eilig und sind abgehauen, bevor ich das Kennzeichen notieren oder auch nur richtig sehen konnte.«

Also doch keine Spur. Amelie sank in sich zusammen. Wie lange sollte das grausame Spiel noch weitergehen? Auf Hoffnung folgte Enttäuschung, auf Zuversicht jedes Mal ein Rückschlag. Wurde Calido jetzt durch ganz Holland kutschiert, von Pferdehändler zu Pferdehändler? Sicher war es nur eine Frage der Zeit, bis ihn jemand ohne Papiere kaufte. In welchem Stall würde Calido dann verschwinden?

Da redete Harold Berent schon weiter. »Aber das Auto kann ich beschreiben, es war ein dunkler Mercedes. Ziemlich alt. Ist mir aufgefallen, weil die meisten Stallbesitzer doch heute Geländewagen fahren.«

Ein alter Mercedes? Amelies Herz machte einen Hüpfer. Die

Reifenspuren an Calidos Weide stammten vermutlich auch von einem Mercedes. Ging es doch vorwärts? Alles deutete in dieselbe Richtung.

»Was kann ich bloß tun, Herr Berent?«

»Also, Mädchen, ich habe unsere Polizei über dieses fragwürdige Paar informiert. An deiner Stelle würde ich ... wo wohnst du doch gleich? ... ach ja, in Bonn, würde ich in Bonn zur Kripo gehen. Vielleicht hat die etwas aus Holland gehört? Oder Belgien? Wenn du mich fragst – in Deutschland kann der Dieb deinen Friesen kaum verkaufen, weil überall Steckbriefe von ihm hängen.«

Ja, sie musste sofort zur Kripo. Die Neuigkeiten aus Holland klangen so vielversprechend.

»Vielen Dank, Herr Berent«, sagte Amelie mit trockener Kehle. »Vielen, vielen Dank.«

Gleich nach dem Anruf rannte sie zum Bus und fuhr zum Polizeipräsidium, wo sie hoffte, »ihren« Kommissar Schulte anzutreffen. Und Amelie hatte Glück: Herr Schulte war im Dienst, allerdings saß der Kommissar gerade bei einer Vernehmung.

Für ihre Begriffe dauerte es endlos, bis sie ihn endlich sprechen konnte. Amelie harrte auf dem Gang aus, der heiß war und überfüllt. Ein Haufen aufgeregter Bauarbeiter, ebenfalls wartend, diskutierte lauthals. Amelie drückte sich in eine Nische zwischen Prospektständer. Nach einer geschlagenen Stunde wurde sie endlich hereingebeten.

Kommissar Schulte stutzte, als sie sein Zimmer betrat. Er bot ihr einen Stuhl an.

»Fass den Fall doch noch mal kurz zusammen«, bat er.

Erregt berichtete Amelie von Calidos Verschwinden, von Harold Berent und dem deutschen Mercedesfahrer in Amsterdam.

»Der Diebstahl geht dir immer noch sehr nahe, nicht wahr?«, fragte er, als könnte er in ihrem Gesicht lesen.

Amelie nickte. Sie hatte den Eindruck, als ob Herr Schulte sie anders in Erinnerung hatte, und ihr eigenes Spiegelbild fiel ihr ein – ein dünnes, graugesichtiges Mädchen. Wie sollte er sie auf Anhieb erkennen, wenn sie sich selber fremd war?

Der Polizist suchte Calidos Vorgang heraus. Während er in Papieren blätterte, streifte Amelies Blick über die Stapel von Mappen auf Tischen und in Regalen. Die Aktentürme taten ihr fast körperlich weh, denn sie wusste: Alle diese Fälle mussten bearbeitet werden.

Ob die Kripo überhaupt Zeit hatte, sich um ein gestohlenes Pferd zu kümmern?

Kommissar Schulte hatte Calidos Akte gelesen und ein Blatt Papier hervorgezogen. »Das Fax kam vorhin von der holländischen Polizei. Von den niederländischen Kollegen, die ich nach dem Diebstahl informiert habe.«

Amelie rutschte auf ihrem Stuhl nach vorn. »Geht es darin um den verdächtigen Mercedes?«

»Die erste gute Spur«, nickte Kommissar Schulte. »Sieht so aus, als braucht der Verdächtige dringend Geld.«

Offenbar war es so. Denn am Montagabend, einige Tage nach dem Besuch bei der Kripo, erreichte Amelie ein neuer, alarmierender Hinweis.

Amelie kehrte gerade von einer Rundtour durch verschiedene Reitställe heim und lief, wie immer in den letzten Wochen, so-

fort in ihr Zimmer, fuhr den Rechner hoch und ging ins Internet.
Vier E-Mails. Dreimal Spam – aber eine Nachricht aus Holland! Aus Utrecht. Dort fanden Pferdemärkte statt. Himmel, wenn jemand Calido dort gesehen hatte!
Meine Güte, wie lange das dauerte, bis der Text sich aufbaute. Während Amelie mit einem Auge den Bildschirm im Blick behielt, zog sie den Schulatlas heran. Seit dem Gespräch mit Harold Berent lag die Seite mit den Niederlanden aufgeschlagen auf dem Tisch. Mit dem Zeigefinger fuhr Amelie über die holländischen Städte, bis sie Utrecht fand. Recht nahe bei Amsterdam. Endlich flimmerte der Text auf dem Schirm.

Hallo Amelie,
ich bin Tierschützerin und beobachte Pferdemärkte in Holland. Heute fiel mir auf dem Pferdemarkt in Utrecht ein nervöser Verkäufer von zwei Friesen auf, ein Deutscher. Seine Pferde standen auf einem Hänger, den er abseits geparkt hatte. Leider konnte ich den Mann nicht überreden, die Pferde herunterzuholen. Die Tiere sahen gut genährt aus. Bei beiden entdeckte ich Narben an den Hinterbeinen. Habe heimlich die Pferde-Hotline angerufen, um Näheres über gestohlene Friesen zu erfahren. Als ich nach zehn Minuten zurückkam, war der Parkplatz leer. Der Kerl hat eindeutig etwas zu verbergen. Ich maile gleich noch anderen Tierschützern, damit sie unsere holländischen Pferdemärkte nach Friesen absuchen. Drücke ganz doll die Daumen für dich.
Rieke Willem

Amelie antwortete umgehend.

Hallo Rieke,
ich bin total durcheinander wegen der Friesen. Danke, danke, danke, dass ihr alle für mich nach Calido guckt. Bitte melde dich sofort, wenn du Neues hörst!!!
LG Amelie

Danach stürzte sie aufgeregt ins Wohnzimmer. »Mama ... Papa. Wir haben vielleicht eine Spur von Calido.«
Zum ersten Mal seit Langem saßen sie wieder zusammen und redeten und redeten. Später gesellte sich auch Phil dazu. Eine Weile war es wie früher, als sie noch eine glückliche Familie waren, bevor Amelies Kummer alles überschattete.
In der Nacht lief Amelie aufgedreht durchs Haus. In ihrem Kopf hatte nur ein Bild Platz – Calido auf dem Hänger. Wie er sich umdrehte, in dieser typischen Art, mit seiner einzigartigen Kopfbewegung, wie er erst den Kopf leicht senkte, nach hinten linste, dann das Kinn wieder hochnahm.
Oder sah Calido gar nicht mehr so aus, wie sie ihn in Erinnerung hatte? Womöglich war sein Blick jetzt leidgetrübt? Wenn sie doch diese Gedanken stoppen könnte!
Amelie zwang sich zur Ruhe. Die Holländerin hatte geschrieben, beide Friesen sähen gut gefüttert aus. Wenigstens litt Calido keinen Hunger. *Wenn* es überhaupt Calido war, den sie entdeckt hatte.
Schloss sich nun das Netz um den Dieb? Warum ausgerechnet jetzt, am Ende der Ferien? Wie sollte sie konsequent weitersuchen, wenn sie von morgens bis nachmittags in der Schule saß?
»Wir helfen dir, wo wir können«, hatten ihr Eltern versprochen, jedoch gleich hinzugefügt: »Die Schule darfst du aber nicht vernachlässigen. Du musst auch an dein künftiges Leben denken.«

Am Abend danach, es war Amelies letzter Ferientag, traf ein Anruf von Trixi aus Holland ein. Ihre Stimme klang aufgeregt.
»Wenn mich nicht alles täuscht, habe ich heute Calido gesehen. Auf dem Pferdemarkt in Leiden. Bevor ich aber etwas unterneh-

men konnte, war der Verkäufer weg. Ist einfach überstürzt abgefahren. Ich wette, der fühlte sich ertappt, obwohl ich vorsichtig war. Ich glaube, wir sind ganz nah dran, Amelie.«

Sofort begann Amelies Herz zu rasen. »Mein Gott, Trixi! Gestern ist Calido ebenfalls gesehen worden, in Utrecht. Wie geht es jetzt weiter? Was kann ich nur tun?«

»Der Typ wird bestimmt versuchen, den Friesen möglichst schnell loszuwerden. Calido billig anzubieten, unter Preis. Welcher Pferdedieb wird nicht nervös, wenn man ihm auf den Fersen ist?«

Voller Anspannung kaute Amelie auf den Fingerknöcheln. »Wann sind die nächsten großen Pferdemärkte bei euch?«

»Donnerstag und Freitag. Natürlich fahre ich hin. Sehr gut möglich, dass er es dort noch einmal probiert.«

»Und morgen? Mittwoch? Findet da nichts statt?«

»Bei uns nicht, nur in Hamm ist wieder Pferdemarkt. Aber ich kann mir nicht vorstellen, dass der Dieb es in Deutschland versucht. Das Pflaster ist ihm inzwischen sicher zu heiß.«

Mit dem Telefon am Ohr lief Amelie in ihrem Zimmer auf und ab. Sie starrte auf die kahle Wand, an der Calidos schönstes Foto hängen sollte. Wenn sie ihn wiederhatte, würde sie sofort neue Bilder von ihm machen, wunderschöne Bilder, und diese ganze Wand damit bekleben. Ach was, nicht nur diese Wand. Alle Wände.

Zehn Wochen wartete sie nun schon, eine entsetzlich lange Zeit, aber in diesem Moment schien Amelie jede weitere Stunde zu viel.

»Aber es muss doch mittwochs noch anderswo Pferdemärkte geben!«, schrie sie ins Telefon.

Trixi druckste herum. Amelie spürte ihr Zögern. Die letzten Monate hatten sie hochempfindsam gemacht.
»Sag doch, Trixi«, drängte sie. »Du verschweigst mir doch etwas.«
Amelies Hände wurden feucht. Stille bedeutete Unheil.
»Also gut. Mittwoch findet in Belgien ein großer Pferdemarkt statt. Bei Brüssel. Aber . . .«
»Was heißt *aber?«*
Trixi zögerte erneut, aber Amelie ließ nicht locker, und schließlich sagte die Holländerin: »Wenn man dort ein gestohlenes Pferd entdeckt und es nicht auf der Stelle kaufen kann, wird das Ganze zur Zitterpartie.«
»Was? Wieso denn?«
»Bei dem belgischen Viehmarkt«, sagte Trixi und Amelie hörte ihrer Stimme an, dass sie den Ton bemüht sachlich hielt, »werden viele Pferde, die bis zum Abend nicht verkauft sind ... ins Schlachthaus gebracht.«
»Was hast du gesagt?«
Der Boden unter Amelie begann zu schwanken und sie musste sich aufs Bett setzen.
»Ich halte diese Ungewissheit nicht mehr aus«, flüsterte sie. »Kannst du nicht morgen nach Belgien fahren, Trixi? Du wohnst doch nicht weit von der Grenze. Bitte! Du erkennst Calido. Bei uns fängt morgen die Schule an und meine Eltern ...«
Amelie schluchzte, sie dachte an das gestrige Gespräch. »Meine Eltern sagen, es geht nicht, dass sie mich bei jedem Hinweis durch halb Europa fahren. Sie müssen ja auch arbeiten!«
Ein tiefer Seufzer drang durchs Telefon.
»Ach, Amelie, morgen kann ich beim besten Willen nicht. Ich

habe einen Termin beim Arzt, den kann ich unmöglich verschieben. Aber ich informiere unsere belgischen Tierschützer. Die werden bestimmt hingehen.«
Vom anderen Ende der Leitung hörte man schnelles Umblättern, Trixi stöberte in Karteikarten, wie sich herausstellte. »Hier habe ich außerdem einen cleveren deutschen Fernfahrer in unserer Kartei, Lonzo. Fährt oft Touren nach Belgien und sieht sich für uns um. Ist selber Westernreiter; hat schon einige Pferde aufgespürt.«
Amelie erinnerte sich sofort an den Namen Lonzo. »Von dem habe ich vor Kurzem einen Tipp bekommen«, sagte sie, »als nachts Pferde an der Autobahn verladen wurden.«
Sie dachte an die Spritzen an der Raststätte, die aufgerissenen Verpackungen, das Skalpell. Phil hatte alles eingepackt und an die Autobahnpolizei geschickt. Aber was aus der Sache geworden war, wusste sie nicht.
»Wir trommeln sie alle zusammen«, sagte Trixi aufmunternd in Amelies Schweigen. »Dein Calido verschwindet nicht einfach so. Viele unserer Leute haben Lesegeräte für Mikrochips dabei. Schwierig ist es nur, unbemerkt an den Pferdehals zu gelangen, um die Nummer zu identifizieren. Weißt du was?«
Die Frage schob Trixi rasch nach, als Amelie schon im Begriff war aufzulegen.
»Ja?«
»In Gedanken sehe ich schon das Wort ›wiedergefunden‹ unter Calidos Steckbrief.«
»Danke«, flüsterte Amelie und legte auf.
Mechanisch griff sie neben sich und hob Calidos Halfter vom Bettpfosten. Sie schloss die Augen. Bilder tauchten auf ... Cali-

do trabte auf sie zu ... seine Mähne wehte im Wind ... »Calido«, flüsterte sie zärtlich. Amelie spürte seine Anwesenheit so deutlich, als stände er neben ihr, und sie meinte sogar, Calidos tiefes Atmen zu hören. Eine innere Stimme sagte ihr, dass sich bald alles zum Guten wenden musste.

Lange saß sie noch still auf ihrem Bett. Amelie machte kein Licht, als am späten Abend die Dämmerung durchs Fenster kroch. Sie musste nichts sehen. Sie wollte nichts sehen.

Es war bereits dunkel, als es klopfte.

»Denkst du daran, deine Schultasche für morgen zu packen, Amelie?«, rief ihre Mutter halblaut ins Zimmer.

»Vergesse ich nicht – Mama, bist du noch da?«

Die Klinke wurde heruntergedrückt und der blonde Kopf von Frau Eggers erschien im Rahmen. »Soll ich Licht machen?«

Sie kam herein und setzte sich zu Amelie aufs Bett.

»Nein, kein Licht.«

Amelie lehnte sich an ihre Mutter, wie früher, wenn sie Kummer hatte, als sie sieben oder acht war. »Mama, wenn Calido morgen in Brüssel gesehen wird, fahrt ihr dann mit mir hin? Ich weiß ja, dass ihr arbeiten müsst, aber der Pferdemarkt in Belgien ist eine Ausnahme. Wirklich.«

Erstaunt richtete Frau Eggers sich auf. »Eine Ausnahme? Warum?«

Amelie legte den Kopf an ihre Schulter und sprach zum Pullover gewandt weiter. Sie konnte ihre Mutter jetzt einfach nicht ansehen.

»Trixi sagt, unverkaufte Pferde werden oft ins ... ins ...« Die letzten Worte bekam sie kaum heraus, aber sie riss sich mit aller Gewalt zusammen. Sie musste ihrer Mutter die Bedrohung klarmachen. »... ins Schlachthaus gebracht.«

»Oh Gott, das klingt ja schrecklich.« Mitfühlend drückte Frau Eggers ihre Tochter an sich. »Du weißt doch, dass wir alles möglich machen. Mach dich nicht verrückt, Amelie. Es ist doch gar nicht sicher, dass Calido morgen dort auftaucht.«

Sie stand auf und strich Amelie über den gesenkten Kopf. »Ich wünsche mir wirklich nichts sehnlicher, als dass du deinen Calido findest.« Ihre Stimme klang besorgt und ratlos. »Ich weiß gar nicht, wie das sonst weitergehen soll, du bist ja nur noch Haut und Knochen. Nun schlaf erst mal, morgen sehen wir weiter.«

Leise zog sie die Tür hinter sich zu und Amelie suchte ihre Schulsachen zusammen.

Alles, nur nicht Belgien, dachte sie, als sie um Mitternacht ins Bett stieg.

Alles, nur nicht Belgien, dachte sie auch, als am frühen Mittwochmorgen der Wecker piepte und sie sich mit schweren Gliedern aus dem Bett wälzte.

Mit einem unangenehmen Druck im Magen, den sie schon die ganze Nacht gespürt hatte, machte Amelie sich auf den Weg zum Bus, ohne zu registrieren, dass ein herrlicher Spätsommermorgen anbrach. Mit hängenden Schultern ging sie durch die Waldstraße, vorbei an gepflegten Gärten, in denen gelbe Dahlien und Sommerastern in Rot und Blau blühten. In der Luft lag würziger Geruch von Laub, Pilzen und Erde, eine leise Vorahnung des Herbstes.

Amelie nahm ihre Umgebung nicht wahr. Nur einmal hob sie den Blick, an der Ecke der Waldstraße. Sie spähte nach links und rechts und wartete ab, bis ein Haufen lachender Schüler zur Haltestelle abbog. Ein paar Mädchen aus ihrer Klasse waren darunter. Auf keinen Fall wollte sie ihre alte Clique treffen, die sie doch nur mit ihren tollen Ferienerlebnissen überfallen würden.

Der Bus rollte heran und Amelie begann zu laufen.

16. Kapitel

Amelie, schnell!«

Erschreckt fuhr Amelie bei dem lauten Anruf zusammen. Gerade war sie wegen der stechenden Sonne auf die baumbestandene Seite der Waldstraße hinübergewechselt, als sie ihren Vater aufgeregt winkend auf sich zustürmen sah.

Belgien, dachte Amelie sofort. Wie angewurzelt blieb sie stehen und presste ihre Schultasche an sich. In den letzten Stunden hatte sie im Unterricht an nichts anderes denken können als an den Pferdemarkt bei Brüssel, der jetzt stattfand.

»Papa! Was ist los?«

Ein Schauer lief ihr über den Rücken.

»Wir fahren sofort nach Brüssel«, sagte er und blieb nach Luft japsend auf dem Gehweg stehen. »Auch wenn ich gestern noch anders geredet habe. Diesmal scheint Calido wirklich gesehen worden zu sein. Beeil dich, Amelie. Komm, komm.«

Amelies Herz überschlug sich fast vor Aufregung. Mit trockenem Mund fragte sie: »Woher weißt du das, Papa?«

Aber da zog ihr Vater sie bereits mit sich und sie rannten gemeinsam das letzte Stück zur Waldstraße 22, wo Oliver Eggers' blauer Volvo vor dem Haus stand.

»Ein Anruf aus Brüssel! Ich erzähle dir gleich alles. Jetzt hol schnell deine Papiere, Amelie, wir fahren los, Mama weiß Bescheid. Fix, fix.«

Amelie schoss ins Haus und stürzte über den Flur in ihr Zimmer. Mit bebenden Fingern zerrte sie den Rucksack unterm Bett hervor. Der Reißverschluss klemmte, sie war zu hektisch. Endlich.

Schnell ein Kontrollblick. Pferdepass, Eigentumsurkunde, Mikrochip-Lesegerät, alles da. Wie spät? Halb vier. Halt, ihr Ausweis. Amelie riss die Schreibtischschublade auf. Ein Glück, da lag er. Schnell zu den Papieren. Rucksack schließen und wieder nach draußen.

Die Beifahrertür stand offen, Amelie sprang in den Volvo, in dem ihr Vater fahrbereit hinterm Lenkrad wartete und mit den Fingern trommelte. Amelie hatte sich kaum angegurtet, als ihr Vater bereits losfuhr. »Hoffentlich kommen wir vor dem Berufsverkehr durch.«

Er sah in den Rückspiegel, bog von der Waldstraße ab und hielt auf die Bundesstraße zu.

»Erzähl endlich, Papa.«

Mit beiden Händen umklammerte Amelie den Sitz. Mit angehaltenem Atem lauschte sie ihrem Vater.

Eine halbe Stunde zuvor war zu Hause ein alarmierender Anruf eingetroffen, von Lonzo, dem Fernfahrer. Bevor der belgische Pferdemarkt am Nachmittag öffnete, war Lonzo mit seinem Dreißigtonner hingefahren, um die Händler in Augenschein zu nehmen.

»Dieser Lonzo wusste, dass er besonders auf einen alten Mercedes achten sollte. Davon gab es offenbar mehrere mit deutschen Nummernschildern. Aber nur ein Händler hatte einen Friesen dabei.«

»Und dann?«, drängte Amelie, aber ihr Vater unterbrach seine Rede, um nach hinten zu sehen, während er sich auf die Autobahn Richtung Aachen einfädelte.

»Lonzo hat es schlau angestellt.« Amelies Vater wechselte auf die Überholspur. »Er hat abgewartet, bis der Händler das Pferd aus dem Innenraum holte und am Hänger festband, um die Pferdeäpfel herauszufegen. In der Zeit konnte Lonzo den Friesen unbemerkt mit Calidos Steckbrief vergleichen und er fand ihn sehr ähnlich. Als er dann noch die Zickzacknarbe am rechten Sprunggelenk entdeckte … also wirklich Amelie, ich bin völlig sicher, dass es Calido ist. Völlig sicher.«

Amelie krümmte sich vor Aufregung.

»Wo ist er denn jetzt? Der Friese? *Calido?*«

»Der Händler hat ihn sofort nach dem Fegen wieder auf den Hänger gestellt.« Routiniert zog ihr Vater an einer Kolonne Lastwagen vorüber. Lonzo sei losgegangen und habe sich ein Lesegerät für Mikrochips geliehen. »Er hoffte, damit heimlich den Chip am Hals aufzuspüren.«

Amelie rutschte auf ihrem Sitz hin und her. Weshalb lag Brüssel am Ende der Welt? Wie sollten ihre überreizten Nerven diese ewig lange Strecke aushalten?

»Und weiter, Papa?«

Herr Eggers zuckte die Schultern.

»Lonzo gab vor, für einen Freund nach Pferden zu suchen. Er stieg mit dem Händler auf den Hänger, um sich den Friesen näher anzusehen. Lonzo hatte jedoch keine Chance, unbemerkt das Lesegerät anzusetzen. Der Verkäufer rückte ihm nicht von der Pelle. Aber er machte Lonzo ein tolles Preisangebot. Der Friese sei zwar ein wertvoller Wallach aus einer großen Zuchtlinie, sagte er, aber leider, leider ohne Papiere. Darum müsse er ihn billig abgeben. Lonzo hat ihn beschworen, das Pferd bis zum Abend für ihn zu reservieren. Er wolle unbedingt seinen Freund anrufen und der könne erst abends kommen.«

Amelie hätte schreien können vor Freude und Verzweiflung. Wie viele Kilometer waren es noch bis Brüssel?
»Und wenn der Verkäufer nicht wartet?«, fragte sie. »Vielleicht ist er doch misstrauisch geworden? Oder wenn er Calido vorher an jemand anderes verkauft?«
»Wir kriegen den Kerl«, sagte Herr Eggers grimmig. »Lonzo hat die Autonummer notiert. Ich würde am liebsten die Polizei rufen, aber wenn die am Pferdemarkt auftaucht, verschwindet der Typ doch sofort. Außerdem ist es kompliziert, der belgischen Polizei den Fall zu erklären. Allein die Verständigungsprobleme! Die Polizei holen wir später dazu.«
Er tätschelte Amelies Hand und lächelte ihr aufmunternd zu. »Wenn wir Calido wiederhaben.« Mit einer Kopfbewegung wies er nach hinten. »Den Hänger habe ich bewusst zu Hause gelassen, damit wären wir viel zu langsam.«
Der Rücktransport! Daran hatte Amelie in der Aufregung gar nicht gedacht. Wenn ich Calido erst mal gefunden habe, dachte sie, dann reite ich notfalls nach Bonn zurück. Und wenn es eine Woche dauert.
Sie erreichten Aachen, und als sie über die Grenze nach Belgien fuhren, war alles gesagt und jeder hing seinen Gedanken nach.
Amelie spürte, wie sie anfing zu zittern. Ihr war flau und sie fror entsetzlich, obwohl es im Wagen drückend warm war. Ihre Zähne klapperten und sie fühlte den forschenden Blick ihres Vaters auf sich.
Er beugte sich vor und hob sein Handy aus der Halterung.
»Ruf Mama an.« Er reichte ihr das Telefon. »Sie soll versuchen, einen Hänger zu mieten. In der Nähe des Pferdemarktes wird es

doch sicher einen Verleih geben. Im Internet findet sie bestimmt eine Reihe Firmen.«
Das sagt Papa nur, um mich abzulenken, dachte Amelie, aber sie war dennoch froh, etwas tun zu können.
Zu Hause sprang der Anrufbeantworter an.
»Mama, hier ist Amelie. Kannst du in Brüssel einen Pferdehänger für uns mieten? Du erreichst uns in Papas Auto.«
Kurz darauf rief ihre Mutter an; sie hatte sich um den Hänger gekümmert. In einer Stunde würde er am Pferdemarkt bereitgestellt.
»Wenn es nicht Calido ist, drehe ich durch«, sagte Amelie leise und machte sich ganz klein in ihrem Sitz. »Wirklich, Papa.«
Ira! Amelie schoss wieder hoch. Sie musste Ira informieren. Erneut griff sie zum Handy. Großer Gott, würde ihre Freundin aufgeregt sein.

Calido wurde auf dem pferdemarkt bei brüssel gesehen bin mit papa unterwegs und halb tot sag allen bescheid hdl amelie

Bis Brüssel war es nicht mehr weit. Sie fuhren die ganze Zeit nach Westen und hatten die Abendsonne vor sich, die tief stand und blendete. Am Fenster flogen Schilder vorbei, deren silberne Ränder in den Sonnenstrahlen aufblitzten, Richtungshinweise, Raststätten, Verkehrszeichen, aber Amelie starrte nur blind darauf, in ihrem Kopf gewannen andere Bilder Raum. Bilder, die sie nicht sehen wollte, aber die sie auch nicht wegwischen konnte. Dauernd musste sie an das Schlachthaus denken, das zu dem belgischen Pferdemarkt gehörte. Von Kilometer zu Kilometer wuchs ihre Angst um Calido bis ins Unermessliche. Bilder von armseligen Schlachtpferden und schrecklichen Viehtransporten tauchten vor Amelies innerem Auge auf. Ira hatte ihr Fotos gezeigt. »Keiner interessiert sich für diese Pferde, für ihr Leiden und ihre Angst. Wir müssen uns darum kümmern, mach doch mit.«

In diesem Moment schwor Amelie sich, nach ihrer Heimkehr für den Tierschutz zu kämpfen.

17. Kapitel

Drei Stunden nach der Abfahrt verließ Herr Eggers hinter Brüssel die Autobahn und lenkte den Wagen in Richtung Pferdemarkt. Die Strecke führte vorbei an gesichtslosen Industrieanlagen und Gartenbaubetrieben, die mit eintönigen Kanälen und brachliegenden Grundstücken abwechselten.

Endlich lag der Pferdemarkt vor ihnen! Rote Sonne umrahmte die alten Markthallen; das strahlende Wetter täuschte Idylle vor.

Die Tore standen noch offen, aber Amelie wusste von Trixi, dass sie um neunzehn Uhr geschlossen würden. Sie fühlte sich schrecklich. Ausgelaugt und zermürbt.

Eine lange Blechschlange kam ihnen entgegen, einige große Pferdetransporter und zahllose Personen- und Geländewagen, an die Hänger gekoppelt waren.

Amelie ließ die Seitenscheibe herunter. Bei jedem Auto mit Hänger, das an ihnen vorüberfuhr, lehnte sie sich aus dem Fenster und beugte den Kopf nach hinten, um die Pferde zu erkennen. Was sollte sie tun, wenn Calido auf einem Hänger stand? Würde sie ihn überhaupt erkennen? Alles, was Amelie sehen konnte, waren Hinterteile und Schweife. Manche Transportanhänger rumpelten leer zurück. Warum leer? Waren die Pferde verkauft?

Amelie bekam kaum noch Luft, und je näher sie dem Eingangstor kamen, desto schlimmer wurde es. Ihre Handflächen waren klitschnass und immer wieder wischte sie sich die Hände an den Jeans ab, ohne es zu registrieren.

»Fahr schneller, Papa«, murmelte Amelie.
Herr Eggers bog auf das weitläufige Gelände ein, auf dem nur noch wenig Betrieb herrschte. Vor grauen Hallen erstreckten sich unter langen Vordächern endlose Alleen von einbetonierten Anbindestangen, an denen vereinzelt Pferde mit gesenkten Köpfen standen, vielleicht zwanzig. Die Tiere sahen nicht einmal auf, als der Wagen näher kam. Es war, als hätten sie mit dem Leben abgeschlossen.
Zwei Männer in Overalls erschienen auf dem Hof, banden vier magere Pferde ab und verschwanden mit ihnen in der Halle.
Angstvoll ließ Amelie ihren Blick durch das Autofenster über die restlichen Pferde wandern. Kein einziger Friese dabei. Überhaupt kein Rappe.
Wo war Calido? Gab es drinnen noch mehr Verkaufsflächen? Wohin hatten sie ihn gebracht? Zum nächsten Pferdemarkt? War er verkauft worden? Oder gar . . .
Amelie biss sich auf die Finger. Nein, nicht ins Schlachthaus, niemals. Doch nicht einen Friesen. Friesen waren teuer, die konnte der Pferdedieb immer noch gut verkaufen, das hatte doch Herr Schulte von der Kripo gesagt und Rea auch, Rea von der Pferde-Hotline.
Aber was war, wenn der Pferdedieb in Panik geraten war, als Lonzo ihn ansprach? Ein Pferd ohne Pferdepass war auffällig. Fühlte der Dieb sich eingekesselt und wollte Calido nur noch loswerden? Irgendwo, wo man es nicht ganz so genau nahm mit der Überprüfung der Papiere?
Mit eiskalten Fingern angelte Amelie das Lesegerät aus dem Rucksack und umklammerte es so fest, dass die Kanten ihr ins Fleisch schnitten.

»Ich will Calido gar nicht wiederhaben«, flüsterte Amelie und sah verzweifelt zum Himmel, »wenn er nur lebt.«

Ihr Vater stellte den Wagen ab. Sofort sprang Amelie hinaus und rannte los, über den ganzen breiten Hof, bis sie die überdachten Hallen erreichte. In der Luft mischten sich eigenartige Gerüche von nassem Tierfell und scharfen Putzmitteln. Laut hallten Amelies Schritte zwischen den kahlen Betonwänden. Kleine Gruppen rauchender Männer, die in der Ecke standen, unterhielten sich lachend und gut gelaunt. Als Amelie an ihnen vorüberstürzte, bemerkte sie aus dem Augenwinkel ihre erstaunten Blicke.

Fast prallte sie mit einem Mann in grauem Kittel zusammen. Direkt vor Amelies Augen führte er zwei Haflinger ohne Mähne und Schweif vorbei.

Vor Entsetzen schlug Amelie die Hände vors Gesicht. Ein grauenvoller Anblick. Im Mittelalter wurden Gefangene geschoren, bevor man sie zur Hinrichtung brachte. Vor Entsetzen bekam Amelie kaum noch Luft. Bestimmt wurde sie gleich ohnmächtig.

Sie hatte rasende Angst, im nächsten Augenblick Calido zu sehen, ebenso zugerichtet oder womöglich noch schlimmer. Andererseits war es ihr jetzt gleichgültig, wie er aussah. Egal, ob er verletzt war oder krank. Sie würde ihn gesund pflegen. Und sie wollte ihn auch gar nicht mehr reiten – Hauptsache, er lebte!

Mit zitternden Fingern hielt Amelie sich an einer Mauerecke fest.

Ihr Vater winkte vom Hof herüber und rief ihr zu: »Ich suche in der anderen Abteilung.«

Amelie hob die Hand als Zeichen, dass sie ihn verstanden hatte, und lugte um die Ecke. Vor ihr lag eine Reihe langer Gänge. In der schwachen Beleuchtung entdeckte sie weiter hinten eine Gruppe Pferde, die weggebracht wurden. Allen hatte man Mähnen und Schweife abgeschnitten.
Amelies Kopf drohte fast zu platzen. Es half nichts, sie musste näher heran, näher an das Schlachthaus. Dabei wusste sie gar nicht, wo es lag, instinktiv folgte sie den skalpierten Tieren.
Ihr Puls hämmerte hinter den Schläfen. Vorwärts, vorwärts. Abgetrennt durch Eisenstangen, standen überall Pferde. Die Augen teilnahmslos, ohne jede Regung, in ihr Schicksal ergeben.
Und dann sah Amelie am Ende des Ganges ein einzelnes Pferd stehen. Ein großes schwarzes Pferd, und sie erkannte sofort – das war ein Friese!
Seine Mähne war abgeschnitten.
Wie gelähmt klammerte Amelie sich an einen Pfeiler.
Calido?
Die Beine gehorchten ihr nicht. Ihre Knie wurden unbeweglich wie Stein, in der nächsten Sekunde weich wie Gummi. Schlotternd vor Angst, stolperte Amelie auf den Friesen zu.
Jemand machte sich am Schweif zu schaffen. Widerstandslos stand das schwarze Pferd da, starr vor Schreck.
»Nein«, schrie Amelie und ihre Stimme klang hoch und schrill. »Nein. Nein.«
Der Ruf hallte zwischen den Wänden wie ein Schrei in Todesangst.
Unwillig sahen die beiden Männer auf, ein bulliger Kleiner und ein Ausgezehrter mit grauem, faltigem Gesicht.
Und dann war Amelie bei ihm.

Ja, er war es!

Mit fliegendem Atem stand Amelie vor dem armseligen Geschöpf, das einmal ihr großer, starker Calido gewesen war und das jetzt klein in sich zusammenkroch, vor Entsetzen und Angst.

»Calido«, stieß sie hervor.

Unter Tausenden hätte Amelie ihn erkannt, trotz abgeschnittener Mähne und obwohl er unter unglaublichem Stress stand. Sein Gesicht spiegelte nichts als Angst wider. Die Lippen waren eingezogen, das Maul angespannt, doch als er Amelies Stimme hörte, bewegten sich die Ohren. Nervös und ohne Orientierung zuckten sie hin und her, als könnte sein Gehör keine Zuordnung für die Stimme finden. Schwach drehte Calido den Kopf zu Amelie hinüber.

Auch Amelie konnte sich nicht rühren, nicht einmal um den Hals fallen konnte sie Calido, dazu war ihre Furcht viel zu groß, ihn doch noch zu verlieren.

»Halt! Aufhören! Das ist mein Pferd.«

Einer der Männer drehte sich zu ihr herum, der Ausgezehrte, er zuckte gleichgültig die Schultern und sagte ein paar Worte, die Amelie nicht verstand.

Lieber Gott, was sprachen sie hier? Holländisch? Nein, das klang Französisch.

Himmel, warum hatte sie sich vorher nicht überlegt, was sie sagen wollte? Alles das schoss ihr in Bruchteilen von Sekunden durch den Kopf. Ein paar Sprachbrocken fielen ihr ein. Gepriesen sei der Französischunterricht, zum ersten Mal in ihrem Leben.

»C'est mon cheval. Das ist mein Pferd. C'est mon cheval.«

Der Bullige nahm das Messer von den Schweifhaaren und sah Amelie ratlos an.
Zitternd hielt sie ihm das kleine Lesegerät entgegen, das alles klären konnte.
»Mein Pferd.«
Amelie wunderte sich, dass sie überhaupt noch sprechen konnte. Jetzt bloß nicht schlappmachen.
Aus einem Nebengang eilten zwei Männer herbei und bauten sich gestikulierend vor Amelie auf. Sie sahen nicht aus, als ob sie mit sich reden ließen, witterten Ärger. Einer versuchte, Amelie beiseitezudrängen und ihr das Lesegerät aus der Hand zu winden. Doch sie klammerte sich mit einer Hand an der Stange fest.
»Papa«, schrie sie. »Ich habe ihn. Papa! Papa!«
Endlich! Von hinten stürmte ihr Vater herbei, endlich hatte er ihre verzweifelten Rufe gehört. Er brüllte die Männer an, auf Deutsch, schrie wild herum, was gar nicht seine Art war, aber seine Nerven lagen natürlich auch blank. Und Amelie merkte, dass er Eindruck auf das Personal machte mit seinen fast zwei Metern, wie er sich da vor die Arbeiter stellte, sportlich, trainiert, einer, der Respekt einflößte.
Mürrisch sahen sie Amelie zu, wie sie unter dem Schutz ihres Vaters das Lesegerät unter dem Mähnenkamm des Friesen anlegte. So nahe stand Amelie in diesem Moment neben Calido und doch schaffte sie es nicht, ihn zu begrüßen. Noch saß ihr die bleierne Angst in den Knochen, der Mikrochip könnte ausgetauscht worden sein. Sie dachte wieder an den Abend auf der Autobahnraststätte. An die Einwegspritzen und das Skalpell. An Tierarzt Dr. Koch: *Grundsätzlich könnte man die alte Kennzeichnung entfernen.*

Wie eine Ewigkeit erschien ihr der kurze Moment, bis der Piepser bekannt gab, dass die Nummer registriert war. Mit trockenem Mund starrte Amelie auf das Display.
Ja, ja, ja!
Der Scanner erkannte die endlos lange Nummer. *Seine* Nummer. Längst kannte sie Calidos Kennzeichnungsnummer auswendig.
»Die ersten drei Ziffern – zwei, sieben, sechs«, flüsterte sie gehetzt, »sehen Sie doch – deux, sept, six. Die ersten Ziffern bedeuten: Das Pferd stammt aus Deutschland.«
Amelie zog den Pferdepass aus dem Rucksack, er rutschte ihr aus den feuchten Händen, sie hob ihn vom kalten Boden auf und hielt ihn den Männern hin.
»Voilà.« Sie zeigte auf die Nummer. Die Männer murmelten etwas, verglichen, redeten schnell auf Französisch, dann zeigte der Ausgezehrte auf eine Bürotür an der gegenüberliegenden Wand.
»Monsieur le directeur. Marktleiter.«
Amelies Vater wollte seine Tochter nicht mehr allein lassen.
»Holen Sie ihn hierher«, sagte er bestimmt. Sein Zeigefinger deutete erst auf die Bürotür, dann auf den Betonboden. »Er soll hierherkommen.«
Widerstrebend ging der Dünne los und holte den Marktleiter, einen blassen, schwitzenden Mann, und Amelies Vater fuchtelte ihm mit Pass und Lesegerät unter der Nase herum. Der Marktleiter gestikulierte aufgeregt und überschüttete ihn und Amelie mit einem Schwall französischer Worte.
Amelies Vater zog seine Brieftasche aus der Tasche und holte seine Kreditkarte hervor.

Aber das bekam Amelie nur aus dem Augenwinkel mit.
Noch konnte sie sich nicht freuen, noch war alles in ihr wie aus Eis. Sie wollte nur weg von hier, weg von den Männern mit Messern, weg von dem Geschrei, weg von dem Geruch, weg von den Pferden mit abgeschnittenen Mähnen, die durch graue Tore aus ihrem Blickfeld geführt werden.
Ohne Amelie anzusehen, übergab der Bullige ihr das Pferd, und Amelie verließ mit Calido am Halfter das Halbdunkel der Hallen. Erstarrt gingen sie nebeneinander auf den Hof hinaus, vorbei an der Gruppe rauchender Männer, und Amelie spürte mit halbem Blick, wie sie ihr nachsahen, ihr, dem zitternden kalkweißen Mädchen mit dem geschorenen Pferd, das aus dem Teil der Hallen kam, aus dem sonst kein Tier jemals zurückkehrte.
Roboterhaft führte sie Calido vorwärts. Seine Hufe klapperten auf dem harten Pflaster. Amelie wusste nicht, warum, aber sie wagte nicht, ihn anzusehen. Sie hörte kaum, dass ihr Vater sagte: »Ich koppele schnell den Hänger an.« Wie hypnotisiert ging Amelie neben Calido und er folgte ihr wie in Trance. Die beiden funktionierten einfach.
»Der Hänger ist bereit.«
»Ja«, sagte Amelie und blieb erschöpft vor der heruntergelassenen Verladeklappe stehen. Wie oft hatte sie diesen Moment der Heimkehr in Gedanken vorweggenommen, aber nun war sie am Ende ihrer Kraft. Plötzlich fühlte Amelie sich furchtbar wackelig auf den Beinen, was durch die schwülwarme Luft noch verstärkt wurde. Sie schaffte es einfach nicht, Calido die Rampe hinaufzuführen. Da nahm ihr Vater Amelie kurzerhand den Strick aus der Hand und verlud Calido selber, bevor er sie ins Auto schob und abfuhr.

Dämmerung senkte sich über die Kanäle und über die flachen Bauten am Wegesrand. Der Geruch von verbranntem Laub wehte durchs offene Fenster herein. Langsam fuhr das Gespann über die Straße, die jetzt ganz leer war.
Im Auto war es still. Stumm starrte Amelie durch die Frontscheibe. Unmöglich, jetzt zu sprechen. Dann endlich, nach einigen Kilometern löste sich allmählich die Erstarrung und Amelie begann zu begreifen, was passiert war.
Das Wunder war geschehen: Hinter ihr im Hänger stand Calido. In letzter Sekunde hatten sie ihn vor dem sicheren Tod gerettet.
»Halt an, Papa«, sagte sie. »Halt an. Ich muss zu Calido.«
Er nickte und fuhr langsam an den Straßenrand.
Jetzt konnte es Amelie plötzlich nicht schnell genug gehen. Sie rannte um das Auto und hämmerte die Riegel am Hänger auf. Warum ging das so schwer . . . endlich . . . die Ladeklappe senkte sich.
Aufgeregt schlug Calido mit dem Schweif.
»Keine Angst, ich bin es«, flüsterte Amelie, als er sich verstört umdrehte. Amelie stieg in den Innenraum, nein, sie konnte gar nicht gehen, sie stolperte die schräge Rampe empor, an Calido vorbei nach vorne, bis sie neben ihm stand.
Mit beiden Armen umfasste sie seinen Kopf und drückte ihr Gesicht an seine Backen.
»Calido, Calido.«
Mit geschlossenen Augen streichelte Amelie über Calidos Nasenrücken und ihre Hände erkannten jeden Zentimeter wieder, als hätte sie sein Fell noch gestern zum letzten Mal gespürt. Er lebte! Die abgeschnittene Mähne interessierte Amelie nicht. Er war wieder bei ihr. Das war alles, was zählte.

Und nun brach es aus Amelie heraus, die aufgestaute Angst der letzten Monate. Wie im Zeitraffer ging ihr alles durch den Kopf, alles, was sie durchgemacht hatte.
»Calido«, schluchzte Amelie aufgewühlt. »Du bist wieder da.«
Haltlos fing sie an zu weinen und konnte gar nicht mehr aufhören. Amelie weinte und weinte, immerzu, die Tränen liefen ihr nur so übers Gesicht. Was mochte er mitgemacht haben? Welche Ängste hatte er aushalten müssen? Welche Narben hatten sich in seine Seele eingegraben?
Amelie war völlig aufgelöst. Überflutet von Dankbarkeit, presste sie ihre Stirn an Calidos warmes Fell, das unter ihren Händen zitterte, und die Tränen schwemmten alles aus dem Kopf, was sich an Leid und Schmerz angestaut hatte.
Calido stand ganz still da, noch immer schockiert, und wagte nicht, sich zu entspannen. Erst nach einer ganzen Weile ging ein Schauer durch seinen Körper und vorsichtig wandte er sich Amelie zu. Leise schnuppernd legte er seine Lippen auf ihren Arm. Langsam schien sein Vertrauen wieder zu erwachen. Er tastete sich vor und schnoberte behutsam über Amelies Hände.
Und dann plötzlich war er wieder richtig da! Calido spitzte die Ohren, wuchs regelrecht, wurde höher und größer und lebendiger. Mit einem Schlag lag alles wieder offen, was der Schock in ihm verschüttet hatte.
Mit freudigem, dunklem Kollern, das aus der Tiefe seines Körpers kam, begrüßte er Amelie zurück in seiner Welt und sie verstand, was Calido ihr sagen wollte.
Wo bist du gewesen? Alles war furchtbar fremd, nichts war vertraut.
Ergriffen wischte Amelie sich die Tränen aus dem Gesicht.
»Ich habe so nach dir gesucht«, flüsterte sie. »Tag und Nacht.«

Mit bebenden Nüstern drückte Calido seine Nase in ihre Handflächen.
Ich war so schrecklich verlassen.
»Ich weiß, Calido. Du musst keine Angst haben. Jetzt kann uns nichts mehr trennen. Nie mehr.«
Warmes, wohliges Glücksgefühl durchströmte Amelie. Wie lange hatte sie auf diesen Moment gewartet!
Noch heute Nacht wollte sie das wunderbare Wort unter Calidos Steckbrief setzen: *Wiedergefunden.*
Die Erde drehte sich wieder – und die ganze Welt sollte es wissen.

Margot Berger

Blindes Vertrauen

Tastend betritt Mona den Reitstall. Da ein Wiehern! Mit klopfendem Herzen nähert sie sich der Box. Ob sie je wieder reiten können wird, jetzt, wo sie blind ist? Jetzt, wo sie blind ist? Eine wahre Geschichte über die tiefe Beziehung zwischen Pferd und Mensch.

Arena

Auch als E-Book erhältlich

184 Seiten • Arena Taschenbuch
ISBN 978-3-401-50558-9
www.arena-verlag.de

Jutta Beyrichen

Der Ruf der Pferde

Seit ihr bester Freund bei einem Reitunfall ums Leben gekommen ist, gibt es für Patricia nur noch Schmerz und Verzweiflung. Erst ein Urlaub im schottischen Hochland ändert alles für sie. Denn dort stößt die 14-Jährige auf die junge Stute Dallis, die genauso verstört zu sein scheint wie sie selbst. Behutsam versucht sie, das Pferd aus seiner Isolation zu befreien. Doch dann werden mit einem Schlag Patricias Bemühungen zunichtegemacht ...

Federica de Cesco

Pferde, Wind und Sonne

Ferien in der Camargue! Für Sophie geht ein Traum in Erfüllung: Sonne, Wind und Pferde! Besonders der wilde Hengst Etoile hat es Sophie angetan. Ihr gelingt es als Einzige, Zugang zu dem stolzen Tier zu finden. Doch als Alain, der Neffe der Gutsbesitzerin, versucht, den Hengst zu bezwingen, kommt es zum Kampf auf Leben und Tod.

Arena

Auch als E-Book erhältlich

184 Seiten
Arena-Taschenbuch
ISBN 978-3-401-50649-4
www.arena-verlag.de